シリアからの叫び

JANINE DI GIOVANNI
THE MORNING THEY CAME FOR US
:DISPATCHES FROM SYRIA

ジャニーン・ディ・ジョヴァンニ
古屋美登里 訳

亜紀書房

シリアからの叫び

目次

まえがき　11

第一章　ダマスカス　二〇一二年六月二十八日　木曜日　18

第二章　ラタキア　二〇一二年六月十四日　木曜日　32

第三章　マアルーラとダマスカス　二〇一二年六月－十二月　65

第四章　ホムス　二〇一二年三月八日　木曜日　93

第五章　ダーライヤー　二〇一二年八月二十五日　土曜日　110

第六章　ザバダニ　二〇一二年九月八日　土曜日　130
第七章　ホムス　バブ・アル＝セバー通り　二〇一二年十月十四日　日曜日　148
第八章　アレッポ　二〇一二年十二月十六日　日曜日　168
終　章　戦争は終わらない　二〇一五年三月　217
訳者あとがき　232
シリア年表　i

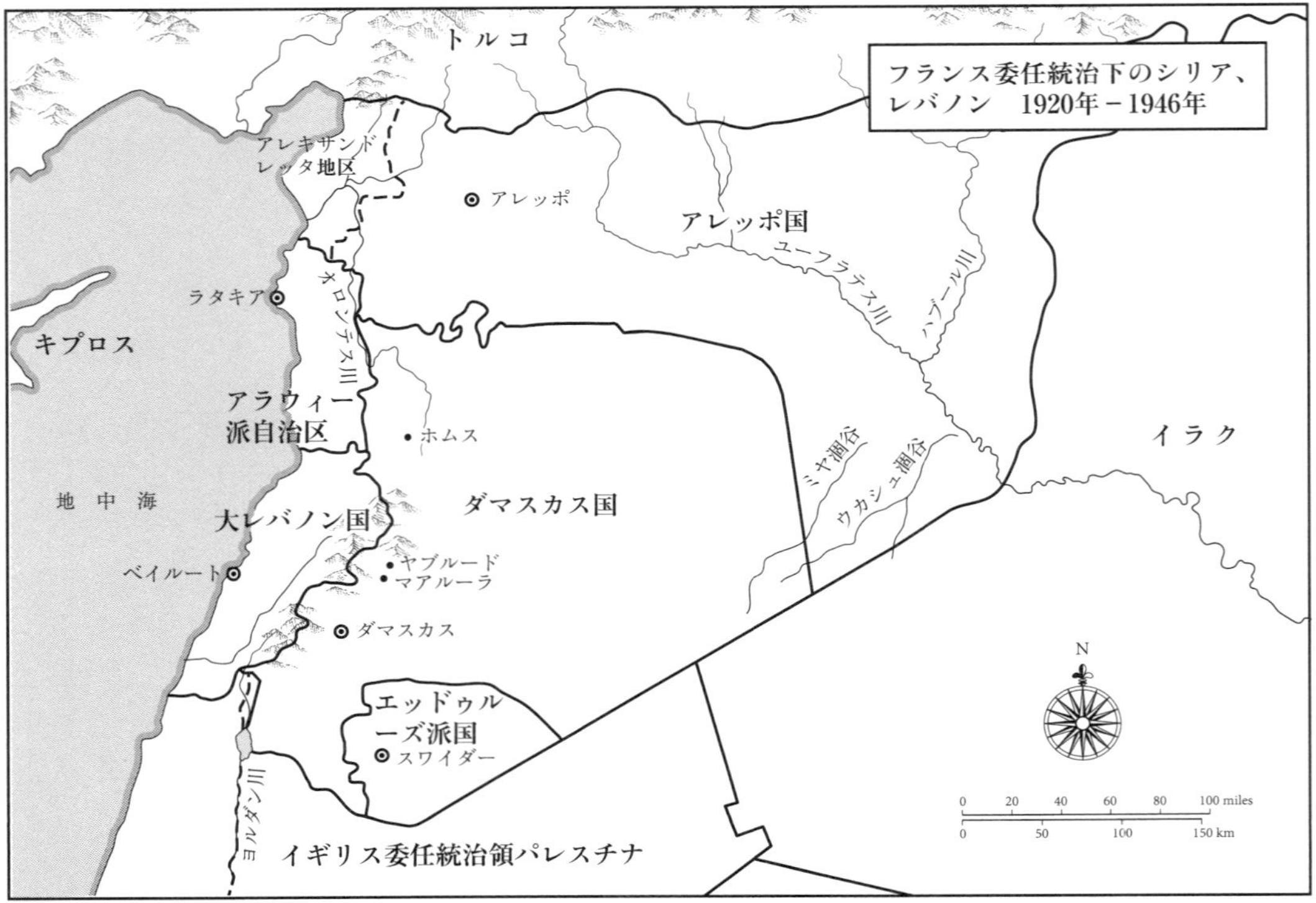
フランス委任統治下のシリア、
レバノン　1920年－1946年
トルコ
アレキサンドレッタ地区
アレッポ
アレッポ国
ユーフラテス川
ハブール川
ラタキア
オロンテス川
キプロス
アラウィー派自治区
ホムス
イラク
ミヤ涸谷
ウカシュ涸谷
地中海
大レバノン国
ダマスカス国
ヤブルード
マアルーラ
ベイルート
ダマスカス
エッドゥルーズ派国
スワイダー
ヨルダン川
イギリス委任統治領パレスチナ
N
0 20 40 60 80 100 miles
0 50 100 150 km

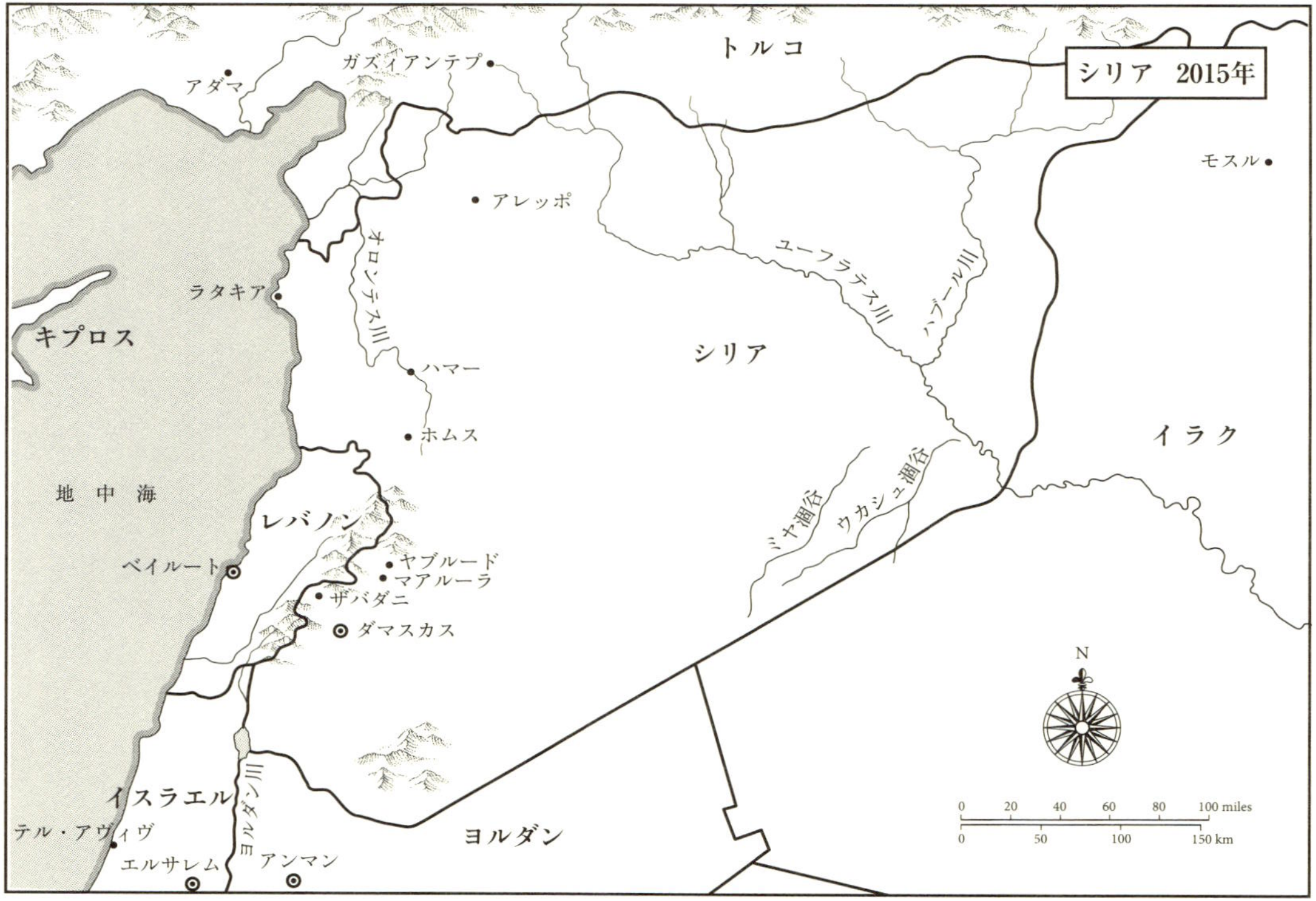
シリア　2015年
トルコ
シリア
イラク
レバノン
イスラエル
ヨルダン
キプロス
地中海
アダマ
ガズィアンテプ
モスル
アレッポ
ラタキア
ハマー
ホムス
ユーフラテス川
ハブール川
オロンテス川
ミヤ涸谷
ウカシュ涸谷
ベイルート
ヤブルード
マアルーラ
ザバダニ
ダマスカス
ヨルダン川
テル・アヴィヴ
エルサレム
アンマン
N
0 20 40 60 80 100 miles
0 50 100 150 km

二〇一五年八月十一日に突然他界した最愛の兄、ジョセフに捧ぐ

このような紛争の世界、犠牲者と加害者の世界では、加害者の側に立たないことが知性ある者の務めなのである。

――ハワード・ジン『アメリカ合衆国の人民史』より

戦争は記憶を持たない。だから、戦争を知ろうとする人がいなくなると、そこで起きたことを伝える人がいなくなる。戦争がどういうものかわからなくなった瞬間に、戦争は戻ってくる。まったく違う顔と名前で。残してきたものを徹底的に破壊するために。

――カルロス・ルイス・サフォン『風の影』より

まえがき

二〇一一年の冬。わたしはセルビアの首都ベオグラードにいた。ユーゴスラビアを破壊し尽くした戦争が終わって何年も経っていたが、わたしは戦争犯罪人を追跡するプロジェクトに携わっていた。先の見えない仕事だったけれど、バルカン半島の戦争とその戦争がもたらしたものに対してわたしが抱いた感情は、理性で説明できるものではなかった。

恐ろしい熱病だった。マラリアみたいに、いったん感染してしまうと何年にもわたって繰り返し現れる熱病。それがわたしの体に居着いてしまったのは、ボスニアに行って記事を書いていた一九九〇年代初頭のことだ〔訳註　ボスニア・ヘルツェゴビナ紛争は一九九二年四月から一九九五年十二月まで続き、その大半はサラエヴォ包囲戦であり、多大な人的被害を生み出した〕。

ボスニアでは、戦争という最悪の災害を引き起こした男たちが、村を焼き払い、学校や病院を爆破し、子供の手足を切断し、集団で女性をレイプした男たちが、いまも村に住み、週末には釣りに行ったり、孫とピクニックに行ったりしていた。被害者たちは死んだというのに、彼らはのうのうと生きている。それを考えただけで気分が悪くなった。それでわたしは、この国を悲しみの淵へ追いやった出来事を追跡することにした。

　サラエヴォに一年間滞在した。戦争中に死体安置所を経営していた男性を何週間にもわたって取材した。その男性は、死者をきれいにして埋葬の準備をするだけでなく、氏名や死亡時刻、死因（銃弾、爆弾の破片、爆破）までもノートに詳細に記入していて、そのノートを「死者の書」と呼んでいた。ある朝、男性が死体置き場に行くと、台に横たわっていたのは自分のひとり息子、兵士として最前線に赴いていた息子だった。

　その男性は生き延びて歳を重ねた。わたしがこの人に会ったのは戦争が終わって十数年後のことで、そのノートをふたりで丹念に調べた。彼の共同経営者で、あまり健康ではなかった男性は、数年前に自ら命を絶っていた。

　わたしは自分の熱病が鎮まってほしいと思っていたが、鎮まることはなかった。二十一世紀に入ってからも、バルカン半島の戦争犯罪人、レイプ犯、殺人者は罰せられないままだった。キャンプに拘束されて、時には一日に十二回も犯された女性たちと、わたしは話すことができた。レイプ犯の子供を妊《みごも》らされた女性たちだ〔訳註　強制的に出産させることで異民族を排除する意図があった〕。さらに、戦争後、国が分割され、自分たちの隣人がどういう人たちなのかもはやだれにもわからなくなったので、彼女たちは外に出れば、地元の店や通りや子供を迎えに行く学校で、自分をレイプした男と毎日のようにすれ違ったり、顔を合わせたりする羽目になった。そしてすれ違うときに羞恥心から目を伏せるのは、加害者のほうではなく被害者のほうだった。

もっとも、加害者が破滅したケースもある。ラドヴァン・カラジッチは、ボスニア内戦時のセルビア人指導者であり精神科医でサッカー狂の詩人で、スロボダン・ミロシェビッチの傀儡《かいらい》政権を打ち立ててセルビアの初代大統領になった人物だが、二〇〇八年にバスに乗っているところを拘束された。内戦が終結した一九九五年以降、カラジッチは偽名を使ってニューエイジの療法家《ヒーラー》に姿を変えて隠れ住んでいた。これを書いている時点では、彼は戦争犯罪の容疑者になっているものの、判決はまだ出ていない〔訳註　二〇一六年三月二十四日に、旧ユーゴスラビア国際戦犯法廷はカラジッチに対し、大量虐殺への関与、さまざまな人道に対する罪で禁錮四十年を言い渡した〕。

内戦中一貫してセルビア人指導者だったスロボダン・ミロシェビッチは、二〇〇一年に、寝室用スリッパを履いたままの格好でヘリコプターに乗せられ、国際司法裁判所のあるハーグへ運ばれた。ちょうどその日、ベオグラードにいたわたしは、サラエヴォを目指して一晩中車を飛ばした。ミロシェビッチに憎まれて破壊された町の住人の反応を、この目で確かめたかったからである。ミロシェビッチが当然の報いを受けることになって、さぞや歓喜に沸きたっているだろうと思っていたのだが、目にしたのは疲弊しきった人々の姿だった。わたしの友人たち——元兵士、弁護士、学生、医師、母親、教師——はみな、疲れ果てていて喜ぶどころではなかった。仕返しができたと考えることすらできなかった。自分たちを生きたまま破壊した内戦のことは忘れたかったのである。

最大の復讐とは、国民にこれほどの苦痛を強いた男を、ハーグの独房に一生繋いでおくことだとわたしは思っていたのだが、ミロシェビッチが刑罰を受けることはなかった。二〇〇六年に独房で、非常に謎めいた状況で死亡しているのを発見された。自殺説を唱える者もいれば、献身的な部下が心臓発作を起こさせる薬をこっそり渡したのだ、と主張する者もいた。傷心のあまり死んだのだ、と言う者もいた。結局、刑罰が執行されないうちに極悪人は死んだ、という事実だけが残った。

二〇一一年一月の寒い午後のこと、わたしはノヴィ・ベオグラード区の凍えるようなカフェで、ラトコ・ムラジッチのもとで戦っていた男たちから話を聞いていた。ムラジッチは、部下を凶暴な行動に駆り立てた将軍であり、スレブレニツァの虐殺〔訳註　スレブレニツァでボシュニャク人——南スラブ人の末裔——およそ八千人が虐殺された〕を指揮した男だが、逮捕されずに生き延びていた。彼がセルビアのどこかの村で護衛に守られてぐっすり眠っている一方で、スレブレニツァで殺された八千人の男性や少年の遺族は、愛する身内の思い出が日に日に薄れていく現実とともに生きていかなければならなかった。ムラジッチは現在も戦争犯罪人として裁判にかけられているが、裁判は終結しておらず、評決は出ていない〔訳註　二〇一一年五月にムラジッチは逮捕され、オランダのハーグに移送された。二〇一二年五月から裁判が始まった〕。

わたしは犯罪捜査官ではない。そのためムラジッチのところに行って手錠をかけて逮捕することはできない。でも、ある意味では、わたしは警官より自由が利いた。ムラジッチの部下たちが朝のお茶を飲んでたむろしているカフェで、ムラジッチを最後に見たのはどこかと質問することができた。また、ムラジッチの娘が埋葬されている墓のそばで——娘は戦争中に自殺していた——墓守をしている女性に、ムラジッチを最後に見たのはいつか、機嫌はよかったか、健康そうだったか、と尋ねることができた。彼が何を考え、どう感じたのか、彼の身になって想像することもできた。人々を苦しめたムラジッチの人物像を組み立てるうちに、彼を永遠の存在として残したくなった。彼が虐殺の容疑をかけられている事実のように、永遠に消せない存在として（ムラジッチは殺人を否定しているが）。

つまりわたしは、人々に絶対に忘れてもらいたくなかったのである。

わたしがムラジッチの学校時代の友人や部下の兵士、軍の幹部、支持者などに取材したノートをまとめている最中に、「アラブの春」〔訳注　アラブ民主化運動〕が始まった。チュニジアでジャスミン革命が起きて、それがエジプトへ飛び火した。わたしはテレビで、エジプトのタハリール広場が人で埋まっていくのを、チャンネルを次々に変えながら見ていた。群衆の波がますます大きくなり、ムバラク大統領の政権が終焉へ向けてカウントダウンされるのを待つ人々の様子を見つめていた。わたしが取材記者としての人生を歩むようになったのは、二十年ほど前、大学院生のときに中東の研究をしたのがきっかけだった。そのときたちまち中東に身も心もすっかり惹きつけられてしまったのだが、後にボスニアに夢中になったときもまったく同じだった。

わたしはセルビアでの仕事を切り上げた。二〇一一年五月にムラジッチが逮捕されたとき、わたしはチュニジア、エジプト、リビア、イラクを経て、最後のシリアにいた。わたしの熱病の対象はバルカン半島からシリアへ移っていた。シリアは、民主化運動という真珠の首飾りの最後の一粒だった。シリアでの運動は平和のうちに始まった。ところがそれから四年後の、いまこれを書いている時点で、それは恐ろしいものに、残虐なものに、永遠に続く戦争のようなものに変わってしまっている。

わたしは法に従ったり（パスポートにシリア政府のヴィザのスタンプが押してある状態で）、あるいは法に違反したりして（反シリア勢力と連絡を取るためにさまざまな国境を越えて）あちこち歩き回ったが、そのときシリアとボスニアとの類似点を数えないようにしていた。けれども、数えあげずにはいられなかった。多くの難民が溢れたのも、多くの村が焼かれたのも、女性たちが行軍してくる民兵にレイプされる恐怖から逃げ惑ったのも、なにもかも同じだった。一九九〇年代の数々の戦争――ルワンダ、ソマリア、リベリア、シエラ・レオネ、チェチェン――でのむごたらしさから、国際社会はあらゆる教訓を学んだというのに、またもや同じ過ちが起こるがままになっている。

外交官である友人L・Rは、ボスニア戦争後のさまざまな体験と、身につくことのなかった教訓について話してくれたが、わたしにこう言った。中東で仕事をしてはいけない、と。「さもないと、きみは必ず四六時中怒りに震えることになる。それは、きみが決して鎮めることのできない怒りなのだ」と。シリアでは仕事をするな、ボスニアのときと同じように、シリアに呑み込まれてしまう、と。そして彼は優しくこう言ったのだ。シリアの問題は、感情面にもいい影響を与えないだろう、と。

それでも、わたしは出かけていった。

第一章　ダマスカス　二〇一二年六月二十八日　木曜日

シリアの内戦が起きてから一年後の二〇一二年五月、ある日の早朝に、わたしは初めてダマスカスに行くことにした。息をするのも辛いほど暑い日で、ぼんやりとした不透明な光が降り注いでいた。レバノンの首都ベイルートで、百ドル弱を現金で払って地元のタクシーを雇った。ドライバーはダマスカスへと続く道路でわたしを車に乗せ、荷物をトランクに押し込みながら、聖パウロがダマスカスに向かう途中で改宗したことにまつわる冗談を言った。それからタクシーは、現代的なビーチクラブや、木曜日になると人でごった返す美容院、気持ちのいいレストランや騒々しいクラブのあるベイルートを後にして、別の国へ向かった。まったく別の土地へ。戦争の瀬戸際にある土地へ。

新約聖書に聖パウロのことが語られている。紀元一世紀のある日、わたしがタクシーで走っているこの道で、聖パウロが例の出来事に遭遇したのだ〔訳註　新約聖書「使徒行伝」九章に詳述される聖パウロの改心の場面では、天から光が射してきてイエスの声が聞こえ、パウロは盲目となってダマスカスに入っていく〕。わたしは歴史家でもなければ狂信者でもないので、聖パウロが神の声を聞いたのか、神から合図をもらったのか、自分の生き方は間違っていると痛切に悟っただけなのか、よくわからない。いずれにしても、神秘的な回心がなされた。初期キリスト教徒を迫害するのをやめて、イエスに忠誠を誓う信徒になった。彼の人生はすっかり変わったのである。

　レバノンからシリアへはそう長い道のりではない。オスマン帝国が滅亡し、第一次世界大戦が終わると、中東は乱暴に寸断され、無理矢理さまざまな国に造り替えられた。シリアの近代国家は、フランスとイギリスがアラブ諸国に対して行った数多くの偽りの約束と嘘と欺瞞を経て、フランスの委託統治領として確立された。それによってシリア人の心に刻まれたのは、自分の国のことは自分たちで決定したいという強い思いだった（とりわけイスラム教シーア派のアラウィー派は、フランス統治下でいちばん虐げられているのは自分たちだと感じていた）。シリアは一九四六年四月にようやく議会制共和国として独立した。その後、クーデターがいくつも起きたが、一九六三年にシリア・アラブ共和国が成立したのも、バアス党〔訳註　汎アラブ主義の政党〕の数人の男が計画実行したクーデターがきっかけだった。その実行グループに、現大統領バッシャール・アル＝アサドの父親ハーフィズ・アル＝アサドがいた。

　裏切りと暴力から成り立っている年表を見ると、シリアという国の土台がすでに今回の悲劇を起こすべく敷《し》かれていたことがわかる。植民地支配者たちが地図を何度も描き替えてから何十年後に生まれることになる悲劇。それは起こるべくして起きたものに思えた。

　レバノンの国境を越えシリアの田舎に足を踏み入れて最初に目にしたのは、バッシャール・

アル＝アサドの色鮮やかで巨大な肖像画だった。生き生きとした彼の目は、さらにその色が引き立つように青い色で染められていた。次に目に飛び込んできたのは、ダンキン・ドーナツだった。シリアのような近代化の進んだ国でも、思いがけない光景だった。ダマスカスに通じるハイウェイ脇に西側のコマーシャリズムの象徴――コーヒーを提供する小さなカフェではなく、砂糖まみれのパラダイス――があるというのはあまりに露骨で、うまいやり方ではなかった。

でもすぐに、そのダンキン・ドーナツはこちらが思っていたようなものではないことがわかった。アメリカっぽいところは商標のサインと飾りつけだけで、売っているのはトーストされたチーズ・サンドイッチのみだった。それをひとつ買った。そのあいだずっと、カウンターのそばで煙草を吸っている三人の髭の男がこちらを観察していた。明らかに秘密警察《ムクハバラット》だ。そのうちのひとりはサンドイッチをトーストしていた。わたしのドライバーは、いらいらしながら待っていて、サンドイッチが出てくると、早く店から出るようせっついた。

ダマスカスの雰囲気はサダム・フセインが支配していたかつてのイラクに似ていて、そこはかとない恐怖が漂っていた。言葉にしえない何かがあった。道路ではクラクションがけたたましく鳴っているのに妙に静かな感じがした。公共の場で、人々はひそひそと話した。ウェイターがやってくると、テーブルにいる人たちは話をやめた。ムクハバラットは、十年前のイラクでわたしを尾行していた男たちにそっくりだった。安っぽい革のジャケット、雑に刈られて下向きになった髭。フセインの下で大臣だったバアス党の連中の大半は、フセイン殺害後、バアス党の支配する別の国、すなわちシリアへ逃れた。

わたしがどうしてもシリアに行きたかったのは、戦争という兎の穴に転がり落ちる前の国をこの目で見たかったからである。二〇一二年五月の最初の旅行の時点では、シリアは開戦間近だった。定義にうるさい人なら、戦争ではなく二つの派閥間の武力抗争（のちに三つ、四つ、それ以上の派閥が介入してくる）と呼ぶかもしれないが、わたしはこうした状況から戦争が始まることを幾度となく目撃してきた。そして、シリアは恐ろしいほどのスピードで内戦へと突入していった。世界は傍観するだけだった。

わたしにはヴィザがあったので、ダマスカスにいることを合法的に許されていたが、居心地は悪かった。いつも監視され、尾行されていた。ダマローズというホテルにチェックインした。そこには国連シリア監視団も滞在していたが、頻繁に攻撃されていたので、仕事ができるような状況ではなかった。不機嫌な男たちはコーヒーを立て続けに飲んだり、階下にあるバーをネタにジョークを飛ばしたりしていた。下のバーにはしなやかな体つきをしたロシア娘たちが足繁く出入りしていて、「ナターシャたち」と呼ばれていた。この数週間後には、ナターシャたちも逃げていくことになる。いくらアサド支持者のプーチンが、シリアに入国するためのヴィザを簡単に発行してくれたとしても。

ある木曜日――イスラム教徒の週末はこの日から始まる――一年か二年後にはこの国が存続

しているかどうかわからないと思っている人々と話をして過ごした。その人たちはキリスト教徒で自由主義者だった。平和的な抗議デモを押しつぶそうとする政府のやり方を支持しておらず、武力による抵抗も支援していなかった。この時点でわたしは、アサドにはどのような支持者と批判者がいるか説明しようとしていた。

まず、アサドと敵対する反体制派の人たちだ。その他に、攻撃手段としてフェイスブックやユーチューブやツイッターを利用して電子的な戦争を繰り広げている活動家もいた。初期のころにはホムス〔訳註　シリア西部ホムス県の県都〕などで抵抗していたが、仲間の活動家が武器を取ると離れていった人もいた。

その年の初めの寒い日に、わたしはパリのカフェでフェドワ・スレイマンと会った。気品のあるアラウィー派の女優で、革命の初期に率先して抗議をおこない、ちょっとした有名人になった（その前は、シリアのメロドラマの主役を務めていた）。彼女はアラウィー派でアサドと同じ宗教的少数派でありながら、体制からの自由を求めて抗議していたため、たちまち革命を代表する顔になった。ところが、事態は変わった、と彼女は言った。「革命が正しい方向に進んでいないことがわかって悲しくなったの。抵抗する側が武装し始めて、つまり平和的抵抗を主張していた反政府勢力が体制側と同じことをやり始めて、結局シリアは宗派間抗争に向かっている。シリアを去りたくなかったわ。でも、ほかの選択肢がなかったの。脅迫されていたし、わたしを支援しようとしていた活動家にとっても、わたしは脅威となってしまった」

次に、わたしが「信者」と呼ぶ、アサドに忠誠を誓っている人々がいた。その中には、聖パウロがイエス・キリストに捧げたような献身をアサドに捧げている人がいたが、ほかの人たちは、少数派のさらに少数派として——アラウィー派はイスラム教シーア派の分派である——過激派のスンニ派が力を持ったら自分たちは消滅するのではないか、と不安な思いを抱いているだけだった。

また、ひたすら死を免れたいと思っているだけの分派もいた。アサドの手で投獄されるのはまっぴらだと思っていた。彼らはひそかに、アサド政権がアレッポ〔訳註　北部にあるシリア最大の都市で、古い建造物がたくさんある〕でおこなっている拷問や爆撃をよしとしてはいなかったが、そもそも拷問や爆撃などあるわけがないとも思っていた。なによりも、過激派のイスラム教徒の台頭を望んでいなかった。

さらに別の集団もいた。宗教とはかかわりなく、生き続けること、食卓に料理を並べること、被弾しないで通りを渡ること、そして移動する際に車爆弾を搭載した車といっしょに渋滞に巻き込まれないことだけを念じている人々だ。

この複数の集団のなかでは入れ替わりがあった。滞在が長くなるにつれて、わたしが遭遇する活動家は増えていった。イスラム国《ISIS》——イラクとシリアのイスラム教のステート《ISIS》という意味の呼称だが、アイシル（ＩＳＩＬ）（イラクと地中海東岸レバント地域のイスラム国の意）やアラビア語でダーイッシュと呼ばれることもあった——が力を得てからアサドの「信者」になった者もいる。イスラム国に支配された生き方だけはしたくないと思ったからである。イスラム国では、女性医師たちが首をはねられ、子供たちはイスラム国を嫌う者全員を憎むよう教育され、コーランに忠実な、もっとも過激なイスラム教のみを受け入れる。

立場を変える反乱者たちもいた。自由シリア軍の支持者からアル＝ヌスラ戦線（シリアのアルカイダ組織）の一員になったり、さらにはイスラム国に入ったりした。

同じようにアサド「信者」の多くもその信仰を失った。その春と夏の外務省広報担当官は、ジハド・マクディッシというイスラム名のキリスト教徒で、ソルボンヌ大学を卒業していた。省庁のオフィスで彼は、この国は「宗教的少数派の坩堝《るつぼ》」だと言った。ギリシア正教会、キリスト教、スンニ派クルド人、シーア派、アラウィー派、ユダヤ教が入り交じっている。彼は理性的で教養があって思慮深く、この職を与えられた理由は明らかだった。アサド政権にもかなり温厚な人物がいることをアピールできるからだ。

しかしジハドは長くその職に留まらなかった。わたしが初めてシリアを訪れてから一年後に新聞を開くと、ジハドが妻子とともにペルシャ湾の国に亡命し、少なくともアサド政権においては「好ましからざる人物」になったという記事があった。それから間もなく、ビジネスマンがよく利用するジュネーブのカフェで彼に会い、ランチを食べた。国連のジュネーブでの二度目の平和交渉会議が失敗に終わる数日前のことだ。ジハドは政治家になるために勉強中だったが、自分の拠《よ》って立つ信条がはっきりしていなかった。そして、シリアでの最後の日々のことをこう語った。「これまで受け入れてきた物事を、これからはとても受け入れられないということがわかったんだよ」

女優のフェドワ・スレイマンもホムスからダマスカスへ逃げ、そこからヨルダンを通って、最後にフランスにたどり着いた。彼女は、初めは自衛のためだけに武器を携帯していたスンニ派の人々が、それで政府軍を攻撃するようになったのを見たのはホムスでだった、と言った。「そのときわかったのよ。平和的な反抗だと思っていたものが戦争へ姿を変えたことが」。彼女が非難したのは、シリアの人々ではなく、ほかの国々（サウジ、カタール、クウェート）だった。そういった国は、「シリアの通りに武器をばらまいている……そうした国の人々は、権力を得るためなら何だって喜んでやるわ。バッシャール・アル＝アサドが権力の座にいるためなら何だってやるのと同じように」

パリのフェドワは、幸せではないと言った。友だちや家族や以前の生活が恋しい、と言った。亡命者の生活は過酷だ。ましてや、祖国が戦争中なのに自分は外にいて、曇りガラスを通して国を眺めているような場合はなおさらに。フェドワはホムスで行進を始めたときに長い髪を短くした。それは抗議を示す行為だったが、パリの午後のカフェで、ショートヘアでぶかぶかのセーターを着た彼女は、痩せていて、打ち棄てられ、凍えていた。でも、帰るつもりはない、と決意表明として自ら切った髪を手で梳《す》きながら言った。シリアがかつてのような国になるまでは。

二〇一二年初夏の木曜日、ホテルのプール・パーティは、内部破裂しそうな王国が終焉を迎えることを予告しているようだった。はるか南にある郊外の町からは爆煙が立ち上っていたし、痩せたロシア娘たちは爆撃のことなど忘れようと、プールのそばで垢抜けない踊りを踊っていた。ヘアピースとエクステンションを組み合わせ、ドライヤーで乾かした複雑なヘアスタイルのシリア女性たちが、爪を塗り、完璧な化粧をし、ビキニにハイヒールという姿で歩き回っていた。男たちはヴィルブレクイン〔訳註　フランスのスイムウェアブランド〕風の海水パンツをはき、瓶の飲み口にライムを入れたり、縁に塩をこすりつけたグラスに注いだりして、レバノン・ビールを飲んでいる。ステージからはアデルの「サムワン・ライク・ユー」のリミックスが大きな音で流れている。

わたしは自分の部屋のバルコニーで、郊外の町に爆弾が落とされて上る幾筋もの煙を見ていたが、下で繰り広げられている――戦争を知らせるドラムロールが鳴っていることを否定するための――お祭り騒ぎも見ていた。やがては騒いでいる人たちの生活が少しずつばらばらになり、いつの間にかひとり残らず裏切られることになるのだが、この時点ではまだ陽気な状態は続いていた。

この数週間、わたしは木曜日の午後にダマローズ・ホテルでおこなわれるプール・パーティの享楽的な様子を見ていた。第一週の週末は、いつもとまったく変わらない始まり方をした。

女性たちは昼食前に美容室へ急ぎ、町から延びていく道路には――まだ閉鎖されてはいなかった――豪華な車がひしめいていた。車を運転できる人は、郊外の村へ車を走らせたり子供を遊園地に連れていったり、パーティやピクニックやディナーのために田舎の別荘に駆けつけたりしていた。

「ナレンジ」のような高級レストランは――旧市街に半ブロックほど入ったところにある店で、伝統的なアラブ料理をエリートたちに出す――まだ人で溢れていた。その店でおこなわれた結婚式に出席したときに、山盛りになったラム、チキン、米、デーツなどの料理や、オレンジや、蜂蜜のかかったお菓子が次々に出てきた。でもわたしは心が痛んだ。バリケードがないと仮定したら、車で一時間もかからないところにあるホムスでは、住民たちは餓死寸前になっていたし、ホムス県のホウラでは虐殺がおこなわれていて、難民たちはレバノン、トルコ、ヨルダンの国境を越え、家族を食べさせる方法を必死で探していたのだから。

ダマローズ・ホテルのパーティのいちばん非現実的な点は、パーティが開かれているこのホテルに、「監視団」として五十の国から集められた、三百人にのぼる鬱屈した国連兵士たちが滞在していることだった〔訳註　彼らの任務は、シリア騒乱の全当事者によるあらゆる形態の暴力を停止させるための監視で、本隊は非武装の三百人の軍事要員で構成されていた〕。最上階には兵士たちのボスで監視団団長のノルウェー人ロバート・ムード将軍が、部下とともに泊まっていた。

二〇一二年六月十四日、シリア情勢があまりにも危険なものになったために、監視団の活動はいったん停止されることになった。結局彼らの大半はシリアから撤退し、最小限の人数の事務方だけが残った。活動の邪魔ばかりする政治に不満を抱いていた。

国連が蔑《ないがし》ろにされたのは、何もこれが初めてではない。国連は常に、ジャーナリストや地域分析官たちの批判の対象になりやすかった。ジャーナリストは、国連の「傲慢なまでの無能ぶり」（お気に入りの表現だ）や職員たちのあまりにも露骨な出世志向をからかう。人間を苦しみから解放する責務より出世を優先しているように思えるからだ。身びいき、親族や友人や上司への優遇措置、大規模な汚職もある。しかし、親身になって仕事をしている役人や、国際機関の官僚的な内輪もめなどで妨害されても人々を救い住民の生活を支援しようとする地元の調査員たちもいた。

今回この国連監視団は、ホムスとザバダニで仕事をするつもりでいたのにホテルに閉じ込められていた。紛争の外側にいるほかなく、二進《にっち》も三進《さっち》も行かなかった。

率直な上級職員がこっそり教えてくれたのだが、ボスニア、ルワンダ、大量虐殺のスリランカ、人身売買のコソボ、集団レイプ（しかも紛争調停者の監視下で）のコンゴ、そして二〇一〇年の地震の後にコレラが発生したハイチなどが記された長い破滅リストに、新たな失敗例としてシリアが加わることを彼らは懸念していた(1)。

コフィ・アナン元国連総長やラグダール・ブラヒミ、スタッファン・デ・ミストゥーラのようなベテラン外交官が、アサドおよび反政府勢力と平和交渉をするために送られてきた。アナンとブラヒミは為《な》す術《すべ》もなく辞めていき、二〇一五年の冬になってもまだデ・ミストゥーラは、アレッポの停戦計画を推し進めていた。驚くにはあたらないが、アレッポでは一度も停戦が実現したことはない(2)。老練な博愛主義者デ・ミストゥーラは停戦を推し進め、この耐えがたい苦しみから人々を解放させなければならないのだ。四年にもわたる激しい戦いのあとで平和へ

(1)ヒューマン・ライツ・ウォッチ〔訳註　一九七八年設立の国際人権NGO。ニューヨークに本部があり、世界九十カ国で人権状況を監視している〕によれば、一九九二年から一九九五年にわたるボスニアの大量虐殺によって、セルビア軍によるイスラム教徒とクロアチア人の死者は十万人にのぼった。これはナチ政権以来、最悪の虐殺行為である。国連は、ボスニアにおけるボスニア人とクロアチア人に対するこの組織的な残虐行為が起きているあいだこれを阻止することに消極的だったが、この残虐行為に関与した者たちを罰することには積極的だ。一九九三年五月に、国連安全保障理事会は旧ユーゴスラビア国際戦犯法廷をオランダのハーグに設置した。一九四五年から一九四六年に開かれたニュルンベルク裁判以来初めてできた国際裁判所で、数々の犯罪の中でも大量殺戮を訴追する初めての裁判だった。一九九四年四月六日から数週間のうちに、ルワンダの殺戮では女性や子供を含む八十万人が殺された。これはツチ族の人口の四分の三にあたる数だ。スリランカでは二十五年間で何万人ものタミール人が殺された。このふたつの残虐行為に関して、国際社会は仲裁にあまりにも時間をかけ、消極的だった。コソボに国連の代表が入ったにもかかわらず、人身売買は続き、コンゴでもレイプは続いた。レイプの加害者の大半はコンゴ軍の兵士だった。ハイチで地震が起きてから五年のあいだ、ハイチの人々は病気と貧困に苦しみ、国際NGOに支えられた安定した政府を作り上げることができなかった。誠実で決断力のある職員がいることはいるが、時に不在で時に介入するのがあまりに遅い国連がこうした問題を解決することは、不可能に思われる。

の道筋をたどるには、長い長い時間がかかる。

二〇一二年六月の第二週、ホテルのプールパーティに参加している人たちは憂鬱そうだった。飲み物が出され、ハウス・ミュージックが鳴り響き、国連関係者たちはまだその音に文句を言っていたが、ロシアの踊り子たちの姿はなかった。第三週になると、きわめて不安そうな表情を浮かべた人々が四輪駆動車に乗り込み、そそくさと去っていった。暗くなってから外出する者はひとりもいなかった。

六月二十八日の午後、裁判所の向かいにあるマルジェ広場の方角に、いつもより大きな黒煙が上るのが見えた。この日の早朝、ダマスカス中心部で、車爆弾による爆発が二回あった。その前日は、反乱が起きてから十六カ月の間でもっともむごたらしい日となった。その日にパーティに来た者はいなかった。居残り組は明らかに意気消沈していた。流れる音楽の音量は頼りなかった。踊る者はいなかった。大半の者たちが携帯電話にかじりついてメールを送っていた。家族や友人からニュースや情報を得るために。

(2)非武装地帯（フリーズ・ゾーン）では、ある地区を交戦休止として、人道支援を受け入れることができる。「その地区での戦いを停止させ、ある種の人道的行為をする機会を、そして人々が少なくともそこにいれば紛争からは逃れられると感じる機会を与えるべきだ」とデ・ミストゥーラは言った（アル＝アラビア・ニュース）。これは「平和計画」というより「行動計画」だ。

第二章　ラタキア　二〇一二年六月十四日　木曜日

わたしが床に倒れているあいだ、男たちはわたしに覆い被さるようにして、口を蹴ったり、殴りつけたり踏みつけたりしていた。ひとりの男の軍靴が口の中に押し込まれた。蹴られているあいだずっと、顔を覆いながらこう考えていた。「この人たちはわたしの体で柔道の技を練習しているのだ」と。

わたしを殴りながら男たちは、「自由が欲しいか？　ほら、これが自由だ！」と言い続けた。自由と言う度に、激しく蹴ったり殴ったりした。

それから急に雰囲気が変わった。外が暗くなった。彼らは、自白しなければレイプするぞ、と言い出した。

彼らがやってきた朝、ナーダはパジャマ姿のままだった。前日の夜から大気はすっかり冷たくなっていた。六時ごろだと思った。ムアッズィン〔訳註　モスクの光塔《ミナレット》から礼拝の時間を大声で告げる人〕が朝の祈りを告げ、父親が祈るために起き出す気配がした。溶接工の父親は、いつも夜明けに目を覚ました。

ナーダは目を開け、今日これから起きることをなるべく考えまいとした。自分の生活はこれまでと同じように、二〇一一年以前の、反乱が起きる前のように普通だと思おうとした。

二日前、ナーダにおかしな電話がかかってきた。相手の電話番号は彼女の携帯電話に登録されていなかった。自分の電話の画面をじっと見つめた。それから受信ボタンを押した。

「ぼくだ」と声がした。「刑務所にいる」

その声でわかった。親しい友人、仲間だった。彼女と同じように「活動家」を名乗っていた男性だ。彼はシリアの治安部隊に捕まって、ラタキアの中央刑務所に収監されていた。

「どうしてわたしに電話を?」ナーダは床にへたり込み、耳に電話を押しつけた。しかし、その答えはわかっていた。恐怖で胃の腑《ふ》がひっくり返るような気がした。

「いますぐここに来られる?」と彼はすがるように言った。「警察署に来てもらいたいんだ。彼らがきみとも話がしたいって」

それは、戦争が始まって以来警察が実践してきたやり方だった。

警察は彼を逮捕した。そして彼はおそらく、激しい拷問を受け、アサド政権に反対している活動家の名前を吐け、と脅された。ひょっとしたら、ゴルフのクラブで踵《かかと》を粉々にされたか、睾丸にワイヤを取り付けられ、電流を流されたかしたのかもしれない。あるいは、肺が爆発するのではないかと思うまで、顔を水に押しつけられたのかもしれない。ナーダは、痛みに負けて心がくじかれた彼のことを、考えまいとした。彼は泣いていた。

何をされたにせよ、彼は深刻なダメージを体に受けてナーダの名を告げてしまったのだ。しかし彼は電話をくれた。つまり、逃げる時間はあった。

ナーダは赤いボタンを押して通話を切り、体をぎゅうっと丸めた。逃げていくところがなかった。待つことしかできなかった。


ナーダの育った家の前にある道路を真っ直ぐに南下すると、カルダハという山間の町がある。バッシャール・アル゠アサドの父親で、三十年間シリアを統治していたハーフィズ・アル゠アサドの生誕の地だ。ハーフィズは貧しい家に生まれ、バアス党に学生党員として入り、後にシリア空軍の中尉になった。一九六三年のシリア革命の後、バアス党率いる軍が国を支配するようになり、ハーフィズはシリア空軍の長に抜擢された。さらなる革命が起きた後の一九六六年に、彼は国防大臣に任命された。そのときから国内政治で国民の人気を獲得し、のちにシリアの事実上の指導者サラーフ・ジャディードを失脚させる。

カルダハで生まれたハーフィズは、二〇〇〇年に死去し、息子バーシルの墓の横に建てられた白い霊廟に埋葬された。後継者と考えられていた長男のバーシルは、一九九四年、三十二歳という若さで自動車事故で亡くなった。ハーフィズの母親ナッサーは、そのすぐそばの、お辞儀をしているような並木の陰に永眠している。

ナーダはアラウィー派の拠点の地で育ったため、そこでは少数派のスンニ派だった彼女は絶えず孤立感を深めていた。親類から、一九八二年に起きた「ハマーの虐殺」の話を聞いた。ハーフィズ・アル＝アサドの命令で、シリア軍と軍需会社がムスリム同胞団〔訳註　二十世紀エジプトで生まれたスンニ派のイスラム主義組織。イスラム法により統治されるイスラム国家樹立を目指す〕による反乱を鎮圧するために、二十七日間にわたってハマーの町を包囲攻撃したのだ。一九七六年にスンニ派のグループから始まった反政府キャンペーンは、シリア軍に包囲されて完全に終わりを告げた。

殺害された人の正確な数はわかっていない。外交官の報告では一千人とあるが、別の報告では一万人が虐殺されたとある。ナーダに訊いても正確な数字はわからなかった。

ナーダはこうした話を――さらには虐殺事件に続いて、敬虔なスンニ派の人々が刑務所に入れられたり虐待されたりした話を――聞いて育ったが、反体制派に加わったのは宗教的な理由からではなかった。「民主主義の世界で生きたいと思ったからよ。あなたたちのように」

二〇一一年三月、「アラブの春」は周辺国に広がっていった。最初彼女の耳に入ってきたのは、南西にある町ダルアーで起きた不穏な出来事だった。ヨルダン国境に近いその町からシリアの反乱は始まったのだ。

そもそものきっかけは、子供たちが書いた落書きだった。十五人の子供たちはみな同じ一族の出身で、通っている学校の壁に反アサドのスローガンを書いたのである。その十五人は逮捕され、殴られ、拷問され、投獄された。

毎日、子供たちの家族は地元の実力者のところに赴き、子供たちがどうなったか教えてほしいと訴えた。何の返答も得られなかった。そしてとうとう、シリア人の習慣となっていた虐げられた者たちの沈黙から、反抗の精神が生まれた。もしかしたらそれは、そう遠くないチュニジアやリビア、エジプトで起きていたことに刺激されてのことだったかもしれない。だが、以前なら怖れおののいていた人々、四十年もずっと弾圧されることに甘んじてきた人々が、立ち上がったのである。「ぐっすり寝入っていた人がいきなりむくっと起き上がるのを見ているみたいだった」とナーダは言った。

三月十八日が「春」の始まりだった。何百人もの人々がアル＝オマリ・モスクの前に集まり、改革を求めて叫び、シュプレヒコールをおこなった。腐敗や身びいき、失業、拷問、過度の猜《さい》疑心《ぎしん》などを終わらせ、治安部隊や秘密警察をなくすことを求めて。希望の欠如、未来の欠如、政治的意志の欠如を終わらせることを求めて。さらには、アサド政権下での生き方の変化を求めて。一週間もしないうちに、反政府を主張する者は何千人にもふくれあがった。

しかしその始めのころから、シリアの治安部隊は抗議する者たちに向けて発砲していた。一日目の死者は三人。二日目には警官が七人殺され、抗議者はさらに四人殺された。シリア内戦の始まりだった。内戦が始まったのは別段驚くにはあたらなかった。驚くべきは、それが瞬く間に国中に広まったことだ。ダルアーからホムスへ、ホムスからアレッポへ、ダマスカスへ、さらにはラタキアへ。アサド政権と少数のアラウィー派の心臓であり魂のよりどころである地へ。

ナーダは自ら進んで反政府勢力に加わった。助けになるのなら何でもしたいと思った。初めは使い走りだった。前線に医薬品を届ける役割である。前線では反政府の兵士――本当の兵士ではなく、彼女の知り合いの学生や友人たちだった――がアサド政権の転覆のために戦っていた。彼女は米や野菜やフルーツなどを調達し、サンドイッチも作った。そして、反政府側のメッセージ、その目的と戦略を広めるようになった。

きわめて危険だが重要な任務だった。人々は彼女に注目し、最初の銃撃から七カ月後にとうとう彼女は地元の「革命メディア」部門の責任者になった。ソーシャルメディアは、中東の反乱においてとてつもなく大きな役割を担っていた。ナーダは「民主主義をシリアに」というメッセージを広く伝えるために、フェイスブックやツイッターのアカウントを作って情報を発信した。

「わたしは自分たちのしていることが正しいと信じてたわ」とナーダは言った。「そして、そうね、怖かった。治安部隊と警察がいつでも人を脅かすような国にずっと住んでいたのよ。そういう物の見方を――その中で大きくなったわけよね――頭から追い払うのは難しかったし、自由の国にいるような生き方をしようとするには無理があった」

ナーダは一年間、同志たちと静かに活動を続けた。いまにして思えば、政府側は彼女をずっと監視していたのだ。彼女は、そして友人たちも、やがて彼女が逮捕されることはわかっていた。

二〇一二年六月の朝に電話をもらったナーダは、しばらく床にへたり込んで考えをまとめようとした。考えるのよ、と自分に言った。落ち着いて考えるの。逃げるか。でもどこに？　家族になんと言えばいい？　家族は、彼女のことを学生だと思っているのに。それに、どこから逃げる資金を調達する？　パスポートと飛行機のチケットは？

留まることにした。「警察の人たちを出し抜くなんてできないってわかってた。わたしは警察と向き合わなければならなかった」

彼女が真っ先に考えたのは、反政府勢力と繋がりのあるすべてのものを破壊しなければならない、ということだった。逮捕されれば、組織のほかの人たちを危険にさらすことになる。それで携帯電話を開き、SIMカードを抜き取り、それを粉々にした。それから家中のあらゆる書類、写真、カメラ、ノート、メモリースティック――証拠となるようなものすべて――を探し出して破壊した。

自動操縦装置で勝手に動いているかのように、彼女は自分の原稿、意見、ノートをすべて破棄してから、警察が捕まえにきたときに両親がなんと言うか考えた。両親は彼女の裏の活動を知らなかった。自分の娘がパートタイムの「ジャーナリスト」になったとき、とても喜んでいた。引き裂いたノートや書類を庭で燃やしながら、彼女は後悔してはいなかった。多くの人たちと同じように、彼女も新しい国、自由な国を作る途上にいるのだと思っていた。書類を燃やし、投獄される準備をしながらも、正しいことをしたと信じていた、とナーダは言った。

二日後、すべての破壊が終わった。あとは、警察が来るのを待つだけだった。

だれもが、普通に過ごした最後の朝を覚えている。ナーダの窓からベッドへと差し込んだ一条の朝陽が、毛布に小さな光の溜まりを作っていた。母親が彼女の部屋のドアを忙《せわ》しなく叩いたことを覚えている。彼女のベッドにかがみ込んだ母親の顔が真っ白だったこと、その口が緊張で引き結ばれていたこと、そして不安げに囁いたことを覚えている。「警察の車が六台、外に停まっていて、おまえの名前を叫んでいるんだよ」と。

ナーダは体を起こしてベッドから飛び降りた。もう逃げる時間はない。警官はいまにもここにやってくる。

パジャマのまま、机の上にあるノートパソコンを手にしてバスルームに駆け込み、ドアに鍵をかけた。冷たい床に座って頭を抱えた。やがて彼らはやってきて、バスルームのドアを叩き始めた。しだいに強く。

「ここを開けろ、ファラー」警官のひとりが彼女の偽名を言った。「ドアを開けるんだ、ファラー。木のドアなど、一撃で壊せるぞ」

またノックした。さらにまた。

ナーダは何もしなかった。体が固まったままだった。ノートパソコンを腹部に押し当て、体を前後に揺すった。

「ファラ？　入るぞ」

彼らはドアをあっさりと蹴破った。そして床にいる彼女を見た。

ナーダは小柄だ。華奢な骨格、顔は人形のようで、大きな青い目のため二十五歳という実際の年齢よりはるかに若く見える。現在の彼女はヒジャブで髪を隠しているが、収まりきらずに垂れている髪はつややかで落ち着いた茶色だ。

警官のひとりが彼女を抱え上げた。ナーダは弱々しい声で言った。「着替えていいですか」

「着替えろ。早く」

彼女は自分の部屋で、ジーンズとセーターを引っ張り出した。心臓が激しく鳴っていた。

ナーダがいちばんよく覚えているのは、パトカーに連行されていくときに見た、麻痺してしまったような両親の表情だった。彼女は自分から進んで歩いていったが、警察官は車の後部ドアを開けて彼女を中に押し込んだ。振り返って両親を見ると、父親がこちらに近づきながら、自分には娘に同行する権利がある、と言っていた。父親と警官が激しくやりあった。その会話はナーダにはほとんど聞き取れなかったが、ようやく父親はパトカーの彼女の横に乗り込んだ。父親は一言もしゃべらなかった。

軍事警察署に車で向かう途中、父親は押し黙ったままだったが、そこにいてくれるだけで彼女は安心できた。しかしそれはわずかな息抜きに過ぎなかった。署に着くと、警官は父親に帰るよう命じた。

父親は帰ると言い、くじけるなと娘に言った。「父が帰るのを見て、わたしはひとりぼっちで、警官たちにやりたい放題やられるんだと思った」彼女はそのときのことを思い出して言う。

何時間ものあいだ、殴打され、虐待され、眠らされず、口を激しく蹴られたために歯列矯正具が歯茎に埋まり、皮膚が裂け、さらに銃の台尻で頭、顔、腎臓の順番で殴られ、彼女は精神的に引き返せないところに自分が入りつつあることがわかった。

＊

人間がたどり着く絶望のどん底は、拷問をおこなうこと、あるいは拷問を受けることである。拷問の目的は、とてつもない苦痛を与えることであり、他者の人間性を剝奪することだ。拷問は、加害者と被害者双方の魂を破壊するだけでなく、社会そのものをも破壊する。人を服従させて暴力や性暴力、もっと悪いことを強いることは、人を人間以下のものにしてしまう。ひどく痛めつけられたあとでどうやって人間に戻れるというのか。

二〇一二年の初めには、シリア内戦の双方の陣営が集団レイプに関与しているという報告があがってくるようになった。一月に国際救済委員会（ＩＲＣ）という人道組織が、レバノンとヨルダンにいるシリア難民におこなった聞き取り調査では、「国を出た第一の理由」にレイプが挙げられている。国連難民高等弁務官事務所の副所長は、IRCのレポートを使ってこう訴えた。「シリアは今では、レイプと性暴力の国になっています」

この犯罪は、敵対する双方から言及されているが、バッシャール・アル＝アサド大統領の部下（シャッビーハすなわち「幽霊」として知られる大きな準軍隊組織）によってもっぱらおこなわれているようだ。

アサド直属の政府軍がいつも実行しているというわけではないが、性暴力がかかわる場合には、シャッビーハがその汚い仕事の大半をおこなっている。彼らの仕事は共同体の中に恐怖を植え付けることだ。政府軍が近くで戦闘を繰り広げたあと、シャッビーハが町や村に入るために、娘や母親、従姉妹や姪などの女性をレイプするという噂を撒き散らす。びっくりして人々は逃げ、土地は焼き払われる。その地域一帯を掃討するには有効な方法だ。恐怖はいともたやすく生み出すことができる。

性暴力の報告は対女性に限ったものではない。男性へのレイプ、とりわけ拘留中におこなわれるレイプが数多く報告されている。監獄と拘留所が、もっとも性的犯罪が発生しやすい場所だが、検問所や、家宅捜索されているときにも同じように起きた。

IRCの調査報告の後、捕らえられたシャッビーハのさまざまな告白を翻訳したビデオ映像がユーチューブやツイッター、ブログ上に現れ始めた。こうした告白が危うい点は――次に紹介するレイプ犯の告白のように——強制的な取り調べではなかったことを立証できていないものがあるということだ。
それでも、捕らえられたシャッビーハの証言は血が凍るほど恐ろしいものである。

質問　治安部隊にはどのくらいいたのか。
応答　革命が始まったときからだ。
質問　お前の目的は？
応答　革命を潰すこと。
質問　ほかには？
応答　相当な額の金にも惹かれた。
質問　その金額は？
応答　一万五千シリアポンド。
質問　週給？　月給？
応答　月給だ。
質問　押し込み強盗をしに行くのか。
応答　治安目的で行く。
質問　治安目的で？

応答　そうだ、治安目的だ。
質問　軍隊とともに？
応答　そうだ。家に踏み込むのは、俺たちが治安部隊だからだ。
質問　治安部隊？
応答　そのとおり。俺たちは家に入って調べる。もし男がいれば家の外に何時間か追っ払っておく。見つけた現金と宝石を根こそぎ奪う。女がいたらレイプする。
質問　何人の女をレイプした？
応答　七件だな。
質問　七件？
応答　そうだ。
質問　どこでやった？
応答　アル・ファウルという村だ。一件目は学校でやった。俺たちは六時間にわたって女たちを犯した。それから治安部隊として別の家に入った。そこにテロリストたちがいたからだ。家に入って、男を縛り、宝石と金を盗み、女をレイプした。その中のひとりはクニサットバニアズの出身だった。俺たち四人でその女をレイプした（俺と、三人のシャッビーハだ）。犯されたあと、女は自殺した。少女のケースもあった。治安部隊としてその少女の家を捜索するために入って、金品を盗んでそいつをレイプした。ダマスカスでもやった。治安部隊の一員として女の家に入っていった。家に入って、女をレイプした。
質問　何人軍隊に引き渡した？
応答　五人。
質問　所属の治安部隊の指揮官は？
応答　○○中佐だ。
質問　ほかには？
応答　ふたり。
質問　○○とはどういう人物だ？
応答　海岸からきていた（原註　海岸とはラタキア地方のこと）。

シリアで戦略としてレイプが使われていたかどうか、それについては詳しく調べる必要があるが、恐怖をあおる作戦が取られていたことは確かだ。二〇一三年二月、人権理事会で発表されたシリア国連調査委員会によるレポート(3)には次のようにある。「シリア難民たちは、家族で逃げてきた理由のひとつとして、誘拐されたりレイプされたりする危険性が高まったことを

(3)国連が作成した第四回シリア・アラブ共和国の調査報告書から（二〇一三年二月五日）

挙げている」

（シリア国連調査委員会のレポートによる）以下の記述は、性暴力の被害を受けた四十一人の男女への聞き取り調査を元にしている。

二十人から三十人の兵士とシャッビーハが――彼女はその人物たちの名前を知っていて、村の「シーア派」と呼んでいた――男たちを探すために彼女の家に押し入ってきた。彼女の伯母、三人の従姉妹、三人の義理の姉が家の中にいた。男たちは地下室に隠れていた。男たちはレバノンにいる、と兵士に伝えた伯母は、兵士たちに殴られた。シャッビーハのひとりが、ふたりの従姉妹を二階の別の部屋に連れ込み、ドアに鍵をかけた。別のシャッビーハは階下にいた。シャッビーハたちが出ていってから、ふたりの従姉妹はひどく殴られたと言ったが、ふたりがちゃんと歩けないことに彼女は気づいた。殴られただけなら、どうしてわざわざ二階の部屋に連れていかれたのか。従姉妹たちにはその理由が説明できなかった。

どのような社会であろうとも、レイプは力と征服を示す恐ろしい行為だが、イスラム教文化圏ではレイプは壊滅的な行為にあたる。処女性はイスラム社会の名誉にかかわる大切な概念で、犠牲者だけでなく、一族全体の名誉がかかっている。シリア国連調査委員会は、レイプされた後に自殺した五人の女性のケースを報告している。十四歳の若い女性たちへのレイプだった。

「シリアにおける性暴力は組織的なものではありません――遺伝子プールを一掃しようとしたルワンダとは違います」とシリアの婦人科医ザーラ医師は述べている。二〇一三年にトルコとシリアの国境で会ったザーラ医師は、レイプの犠牲者の救済を幅広くおこなっていた。「でも、レイプは起きているんです。毎日起きている」ザーラ医師と会ったアンタキヤでは、そのとき祖国から逃れてきた約九千五百人のシリア人が暮らしていた。

「逮捕された女性のすべてがレイプされるわけではありません。踏み込まれた家の女性すべてがレイプされるわけではありません」ザーラ医師はそこでしばらく黙った。「でも、レイプされた女性は深い心の傷を負います」

その少女は通りで四人の男に誘拐された。ふたりは軍服を着ていて、ふたりは普通の服だった。見知らぬ建物に連れ込まれ、「近所のシーア派の人たち」と少女が言う者に質問攻めにされた。少女はひとりの女性に、少女の母親がＦＳＡ（自由シリア軍、敵対側）とおこなっている仕事について尋問された。

尋問のあいだ電線で叩かれ、注射を打たれ（略）煙草の火を胸に押しつけられた。長いあいだ、少女は飲まず食わずだった。監禁されて五日目に、四人の若者が部屋に入ってきて、少女をレイプした。その二日後、少女は解放された。

彼女の父親は国外の産婦人科医のところに娘を連れていった。別々の聞き取りから、医師は被害者の体に、痣と煙草の火による火傷、両腕に残された注射痕、性的な負傷があることを認めた。この十四歳の少女は三度にわたって自殺を試みた。「わたしの人生は何の価値もない。すべてを失ってしまった。失ったものは二度と戻らない」と言っている。

二〇一三年二月　シリア国連調査委員会のレポートから

ナーダの時が訪れた。

警官（あるいは、秘密警察や諜報部員だったかもしれないが、彼女にはわからなかった）が部屋に入ってきて椅子に座り、まるで犬でもあるかのように彼女をじっと見つめた。ひとりがいきなり言った。「話せ、さもないと裸に剝くぞ」

しかし、ナーダは恐怖に震えながら床で縮こまったままだった。「ちっちゃな犬みたいだった。ほら、震えに震えて、その震えが止まらない犬がいるでしょ」

自分の身にこのようなことが起こるとは思ってもみなかった。反体制派の手伝いをしたら捕まるかもしれないなどと考えたことはなかった。「ただ、手伝いをしていただけ。それでどうなるかなんて考えなかった。もしかしたら、考えないようにしていたのかもしれない」

それでも、ナーダは泣かなかった。少なくとも最初は。死んでしまいたい、と思いながら床に横たわっていた。

八カ月と三日は、囚われて拷問を受ける期間としては恐ろしく長い。しかも痛みは肉体的なものばかりではなかった。最悪なのは、看守たちが彼女に向かって嬉しそうに、おまえの家族にはおまえが死んだと伝えた、と言ったことだった。

実はナーダは、自分の生家からそう遠くない汚い独房で昼夜を過ごしていた。それなのに世界でいちばん愛している家族が、自分の死を悼んで悲しんでいるとは。家族は、ナーダの肉体はもうこの世にないものと思いこんでいるのだ。自分が透明になった気がした。ひとりぼっちになった気がした。精神的拷問は、肉体的虐待よりはるかに恐ろしいものだった。

「外の世界のことを考えるとね、自分は生きているのに愛する人たちには死んでいると思われているなんて……」

狭くて暗い独房が、八カ月間のナーダの住まいだった。その独房はかなり狭く、小柄なナーダでさえ手足を伸ばすのに苦労した。だから体を丸めたままだった。辛い試練のあいだずっと身につけていたジーンズは、いまも動くことのできなかった体勢を示す皺が寄っている。

「ジーンズを捨てなかったのは、彼らがわたしにしたことを忘れないためよ」

独房の片隅に穴が開いていた。アラビア式のトイレだ。そして給水栓があった。「水をずっと流しっぱなしにしてた。配水管を伝ってやってくる鼠に噛まれるのが怖かったから」。眠れなかった。そして眠りにつくと、鼠が体中を覆う夢を見た。泣き叫びながら目を覚まし、そこにいない鼠から身を守るために自分の体を抱きかかえた。

ほかにも、ナーダの独房のそばに閉じ込められている男女がいた。どのような人たちか知らなかったが、彼らもよく悲鳴をあげ、泣き、慈悲を乞い、拷問をやめてくれと懇願した。お母さんと叫んで泣く人もいた。

「それもわたしの拷問の一部だった」彼女は言う。「ほかの人たちが泣いて頼む声を聞くことが。次はわたしのところに彼らがやってくるとわかることが。彼らがわたしの独房のドアの前で足を止め、鍵を回すと……わたしの心臓は止まりそうになる」

時の移ろいを知ろうとしたが、体が衰弱しきっていて無理だった。自分が消えてなくなるような気がした。家族の者たちも。家族については何もわからなかった。友人や捕まった同僚たちのことも知らされることはなかった。警察は、ほかの活動家たちはナーダを裏切ったのだ、アサドがこの戦争に勝った、反対派はみな死んだ、と彼女に言った。「わたしは暗い場所に沈んでいた」

水を頼むと、警官たちは男性の囚人を連れてきて、瓶の中に尿を出すように言い、それを彼女に無理矢理飲ませようとした。それを吐き出すと、彼らはその尿を彼女の顔にかけた。同じように屈辱を味わっている男性の囚人は、彼女の目を見ようとしなかった。

「あいつらの顔はだれひとりとして忘れていないわ」ナーダは拷問した者たちのことを、苦々しい声で言った。「あいつらを探すつもりよ。いまだって探しているの」

裸に剝かれてから殴りつけられた。殴りつけられてから、さらなる虐待が始まった。

すでに彼女は、シリア青年連合の仲間たちの名前や会った場所やその日付を根掘り葉掘り訊かれていた。

尋問するのはひとりだったが、複数のときもあった。尋問者は、座っているナーダの周囲を狼のようにぐるぐる回った。

ひっきりなしに、レイプするぞと脅された。

「彼らはよくこう言うのよ。『話せ、さもないと裸に剝くぞ』って」ナーダは片手で目を覆いながら言う。「それが彼らの台詞。彼らの脅し」

ある日、彼らは、なにを聞いても話そうとしない彼女を、男の囚人のいる監獄に連れていった。そこにいる男たちはみな下着しか身につけていなかった。

男たちは欲望剝きだしの目で彼女を見た。彼女も囚人だったが、彼らは男であり、しかも長いあいだ閉じ込められていたのだ。

「怖かった」ナーダは言う。「恥ずかしかった。あいつらはこう言ったわ。おまえをこの飢えた男たちの中に置き去りにする。こいつらがおまえの面倒をみてくれるだろうよ、って」ナーダは狼に取り囲まれた兎のような気持ちだった。

「わたしは保守的なイスラム教徒よ。わたしはこの男たちにレイプされるために捧げられたんだ、と思った。だから叫んだの。三時間くらい叫び続けたと思う。喉が赤く剝けてしまうまで。あいつらはわたしを粉々にしたかったのよ。そしてそのとおりになった。ようやくわたしは言った。『わかった、本当のことを話すわ』って」

話したわ、と彼女は言った。彼らが知りたいことを話した。しかし、話したことに彼らは満足しなかった。数時間後、彼らは彼女を移し――以降、何度も移されることになる――彼女が「恐怖の部屋」と呼ぶ場所へ連れていった。その部屋は人間の体くらいの幅しかなかった。彼らは彼女の手を背中に回して鉄格子に結わえつけた。

そして鞭を持った男が入ってきた。「わたしが彼の気に入らないことを言うたびに、鞭で打たれた」そう話しながら、彼女はすすり泣き始めた。

血まみれで痣だらけの体になると、次の尋問者に引き渡された。「いいか、この女の面倒をよくみろ」と次の尋問者に言い渡した。

「それから本当の殴る蹴るが始まった」彼女は陰鬱な声で言った。「そして恐ろしいことが」

わたしは四年以上もレバノン、エジプト、トルコ、ヨルダン、シリア、クルディスタン地域、イラクなどの都市や町、隠れ家や難民キャンプをさまよい歩き、戦争中にレイプされた女性たちの話を取材してきた。初めはジャーナリストでありアナリストとして取材してきたが、後に、戦争後に独り残された、凌辱されやすいシリア女性についてレポートする、国連難民高等弁務官の仕事を助けることになった。

そのような女性はなかなか見つからなかった。被害者の大半はわたしと話すのを望まなかった。被害を受けた女性がいることをひそひそ声で語る人々の話を頼りに、被害者を探し出すことに力を傾けた。決して無理強いはしなかった。わたしに会いたくなければ、わたしはすぐに引き下がった。彼女たちはもう十分に辛い目に遭ってきたのだから。

二〇一三年にトルコとシリアの国境近くで取材していると、シリア北部のアレッポのそばに、十二人の女性が隠れ住んでいる家があると教えてもらった。全員がシャッビーハにレイプされ、信仰心の篤い女性に世話をされて守られているということだった。しかしようやくその家にたどり着いてみると、女性たちの身が安全ではなくなったので別の村に移ったということだった。

レイプの被害者を探し出し、その人が話すことに同意してくれても、わたしは恥辱を語る被害者の言語を読み解かなければならなかった。わたしはこう説明した。すべて匿名にする、恐ろしい秘密を暴くつもりはない、レイプされたことを認めれば加害者を裁判にかけられるかもしれない、と。女性たちが――そして男性たちが――辛い体験を話すつもりになった唯一の動機がそれだった。レイプした男たちが、戦争が終わってからも何の罰も受けることなく、町の大通りを堂々と歩いていることが許せなかったのである。

レイプのことを話すのは、黙っていると「石が心臓に重くのしかかっているみたいだから」とひとりの少女が涙ながらに語った。

何年も前に、わたしはボスニアとコソボで同じ仕事をしていた。戦争が終わってから数週間、あるいは数カ月も「レイプ・キャンプ」に拘束されていた女性たちは、「レイプ」を表す言葉を使おうとしなかった。すすり泣きながら、「触られた」と言うのだった。泣きながら、夫に知られたら離婚される、夫は傷物ではない女を見つけるだろう、と言った。彼女たちはその秘密をひた隠しにし、だれにも打ち明けなかった。

どんな女性にとってもレイプは最悪の事態だ。しかし、結婚するまでヴァージンであるはずのイスラム教の女性にとって、レイプは死を意味する。あるいは今後の人生の終わりを意味する。未婚でレイプされた場合、おそらく結婚できない。子供や家族を持つことはない。別の文化圏であれば問題にならないことかもしれないが、大家族で暮らす中東では、社会から孤立せざるをえなくなる。

後に、イラク北部の昔ながらの共同体で暮らすヤズィード〔訳註　イラク北部などに住むクルド人の一部で信じられている民族宗教〕の女性たちは、イスラム国《ISIS》の兵士に誘拐され、奴隷として売られ、家に幽閉され、レイプされ、自分を買った男と無理矢理結婚させられたと訴えた。シリア中を蹂躙《じゅうりん》する戦争のあいだ（そして、イスラム国がモスルの町を支配下に置いて、シリアとイラクの国境を消し始めると、戦争はイラクへと波及した）、女性に対する行為だった性暴力が、いまや男と戦うための手段になっている。おまえをぶち壊せないなら、おまえの女を犯すぞ、と。

わたしが証拠を提出できたレイプの大半は拘留中におこなわれていた。検問所でレイプされたケースもある。シャッビーハが村にやってきたときに自宅でレイプされた女性たちもいた。拘留されていた女性たちは、非協力的な態度を取ると、レイプするぞと脅迫されたと述べている。若い女性は、母親と投獄され、兵士が母親を殴るのを無理矢理見せられた、と言った。「自分がどんな目に遭おうがいっこうに構いませんでした。でも、母が苦しむのを見るのは……」とその女性は言った。兵士たちは、母親をレイプするぞと彼女を脅し、母親には、娘をレイプするぞと脅したという。

「これは精神的にいちばんきついことでした。あなたにはその苦しみがわからないでしょう」もうひとり、アレッポから来た若い女性は、革命のポスターを掲げただけで逮捕された。部分的に裸にされ、目隠しをされ、椅子に縛り付けられた。

「そして、男から男へ順繰りにおまえを与えていく、と言われたんです」

トルコ南部の隠れ家でナーダと会ったとき、刑務所を出てから数カ月が経っていた。しかし囚人だったときの癖、殴られそうになると顔と体をとっさに守ろうとする反射神経の動きは消えていなかった。独房の隅で身を丸めていたときに身についたものだ。不意に動くものがあると、跳び上がった。思考が途絶えることがよくあり、数分間も黙ったままでいたかと思うと、急に涙をこぼしたりした。

ナーダはとても小柄で、刑務所にいた当時より痩せていた。こんな華奢な女性を鞭なり棒なりで殴れる人がいたことが信じられなかった。触れでもしたら真っ二つに裂けてしまいそうだった。十二歳児くらいの体つきで、胸も腰まわりもなく、体を支えるに充分な広さの肩もなかった。ラベンダー色のヒジャブで頭を覆い、赤いぴっちりしたセーターを着ていた。まったくちぐはぐな色使いが、実年齢と釣り合わない幼さを目立たせていた。

初めて会ったときに、挨拶するためにわたしが彼女の手に軽く触れると、彼女はびくっとした。傷つきやすく、脆《もろ》そうだった。彼女はレイプという言葉を使わなかった。たたみかけるように自分のことを話した。それから、しばらく静かに座っていたが、やがてその表情が変化して無数の感情が表れ始めた。悲しみ、苦痛、辛い記憶の洪水、それから最後に憎悪。彼女は、男性の囚人の独房に押し込められ、その囚人が男色行為をされる姿を無理矢理見せられた。話しているあいだ、声は消え入りそうになり、手を機械的に開いたり閉じたりし、バックパックの肩紐をぎゅっとつかんだ。そして泣き始めた。声を殺したすすり泣きが激しいものになっていく。

「わたしが見たのは……わたしが見たのは……」吐き出すように言う。「見たものを説明するなんてとてもできない……でも忘れられないの……わたしは、ほかの囚人がレイプされるのを見た……レイプされる男の人を。その声を聞いて……姿を見て……。男の人が泣くのを聞くのがどんなものか、わかる？」

彼女は急に椅子から立ち上がり、手を口に持っていき、近くのバスルームに駆け込んだ。蛇口をひねると、戻し始める。

彼女に付き添っていた友人も、いまにも泣き出しそうになっている。

「そう、ナーダはレイプされたの」と友人は言う。「でも、彼女はそれを絶対に認めようとしない。彼女自身、レイプされていないと信じ切ってる」

友人が彼女を慰めに行き、また戻ってくる。「ナーダはその言葉を声に出して言えないの。彼女がほかの人のことや、ほかの人が何に耐えていたかを話しているとき、それは自分の身に起きたことを話しているのよ」と友人は言う。

彼女にかける言葉などない。聞き出したいことなどない。ナーダの身に起きたことを、なかったことにはできない。ナーダは見たこと聞いたことを忘れることはできないのだ。消し去ることはできない。

数日後、アンタキヤまでわたしの車で出かけようと、ナーダと友人を誘った。ふたりは英語を勉強していて、ある講座を履修している。うまくいけば、仕事に就くうえで有利になり、新しい生活を送るきっかけになるかもしれない、とナーダは期待している。ナーダの友だちがそのことを話すと、ナーダはつかの間笑みを浮かべた。その表情は、一瞬であれ、彼女と同じ年齢の娘たちと少しも変わらないように見えた。自信に溢れ、幸せで、自由だった。

するとと、何かが彼女の心をよぎった。その目が灰色に曇り、再び死者のように表情が消えた。

「監獄にいたときにいろいろなことを変革したのよ」物静かな声で彼女は言った。それから微笑んだ。「監獄にいたときだって、わたしは革命主義者だったの」

殴りつけられたり尋問されたりしていないとき、彼女は警官たちに立ち向かった。ささいなことであっても、囚人の人権を引き合いに出して彼らを厳しく非難した。そうすると自分にも力があると感じられた。

「ほかの囚人のためのお盆をちゃんと用意させたの」彼女は自慢げに言う。「わたしたちは蹴られたり利用されたりするだけの犬なんかじゃなくて、人間なんだってこと、わからせてやったの。割れた窓をビニールのカバーで覆うようにさせたし」かすかに勝ち誇った表情になる。「それまでは何もなかったけれど、お盆で食事ができるようになった！」

粉々にされた心の小さな勝利。


アンタキヤに向かった午後、ある友人がシャヒーニーズを紹介してくれた。三十七歳の元教師だ。暑い日にもかかわらず、黒いズボンをはき、ベルト付きの長い黒のコートを着ていた。彼女は、だれにも知られない場所でわたしに会いたいと言った。部屋に入ってきたシャヒーニーズには、影が付き従っているように見えた。

腰を下ろすとシャヒーニーズは、自分はとても敬虔な信徒だと言った。話しているあいだ、頭を覆うスカーフ、シルバーの指輪、時計、かすかに皺の寄ったオリーブ色の肌、露わになった鼻、顎の線にどうしても目が惹きつけられた。彼女は可愛いというよりもしっかりした女性に見えた。

それでも、彼女は話しながら、いらいらそわそわし、体を震わせていた。「数カ月」のあいだ拘留されていたシリアの刑務所から出てきたのはつい最近のことだと知らされて、その理由がわかり始めた。

彼女の話によると、二〇一二年に、アレッポの自宅からエジプトに行くために向かった空港で逮捕された。会議に出席する予定だった。「わたしの名前が何かのリストに載っていたのだと思う」と彼女は言う。政治活動のせいで逮捕されたのかもしれないが、彼女にはわからない。身柄を拘束されると、彼女を逮捕した警官たちの手でダマスカス治安刑務所に投獄された。目隠しをされ、尋問を受けた。尋問が何時間にも及ぶこともよくあった。

「何がなんだかわからなかった」彼女は、目隠しをされたまま尋問されるのがどんなものか説明しようとした。「声は聞こえているのに、それに顔をあてはめることができない。あれは人をひどく怖がらせる戦略だったのね」

尋問は彼女をとことん消耗させた。しかし彼女は仲間の名を教えるつもりはなかった。彼らが自白させるために何をするつもりか、彼女にはわかっていた。あるときから、尋問者は戦略を変えた。乱暴な口調になり、彼女を殴るようになった。ひどく殴られて床に倒れこんだ。床に倒れていると、両手を縛られた。ロープが皮膚に食い込む痛みを彼女は忘れていない。男のひとりが彼女にまたがった。衣類をたくしあげた。ドアが開いて閉まる音がした。

「そこで、彼らは虐待した……」彼女はその言葉をなかなか口に出せなかった。「……わたしを」床に横たえられたままだった、と彼女は言う。部分的に衣類が脱がされた。

「協力しなければ、恐ろしい目に遭わせるぞ、って言われた……」黒いコートの下で、シャヒーニーズの肩が震え始めた。

「レイプする……って言われた。それでわたしは床にいて……それで、固いものが入ってくるのを感じた……」

彼女は言葉を途切れさせた。実際に起きたところからはるか遠く離れた部屋にいるのに、彼女はまだ震え続けていた。それから窓際へ行った。窓を開けて、顔を太陽の光のほうに向けた。そして戻ってきた。大気を呑み込んだように見えた。

「彼らにレイプされたの」彼女は言った。もう一度言った。それから彼女の中にあった息がすべて吐き出された。

それから、シャヒーニーズは長いあいだ泣いた。わたしは彼女の向かいに座っていた。慰める言葉がなかった。彼女の肩に手を置いた。肩に触れられて彼女は身をすくめた。涙が頬をつたって襟に落ちた。

暴行を受けてから精神科医にかかっているけれど、何の役にも立たない、と彼女は言った。そのとき、彼女には恋する人がいた。結婚するつもりでいて、未来の人生が目の前に広がっていた。

精神科医は、婚約者に本当のことを話したほうがいい、と強く言った。しかし、婚約者に告げると、彼は去って行った。「きみとは結婚できない、と言われたわ。傷物ではない女性を探す、と」。シャヒーニーズは、レイプされたときよりも打ちのめされた、完璧に破滅させられた感じがした、と付け加えた。

「でもね、実際にレイプしたのが尋問者だとは思っていないの。部屋に入ってきた男がしたんだと思う」。彼女はベッドに腰を下ろした。冷や汗をかいて、震えていた。「三十分もかからなかったと思う。それからロープを解かれて、目隠しを外された。脚に血が付いているのがわかった」彼女には、自分を貫くのに使われた「固いもの」が棒のようなものか、ペニスなのかわからなかった。

彼女は処女だった。

シャヒーニーズは、精神的なダメージを受けているのはナーダと同じだが、これからの人生を送っていく気力はナーダより弱いようだった。女性はわが身に起きたことを絶対に忘れたりしないものだが、ナーダは先に進んでいくことを、新しい道を探すことを望んでいる。ところがシャヒーニーズは、忘れられないと言う。レイプされて、人生が台無しになってしまった、と言う。

「もしまた婚約することになっても、絶対に相手には話さない」と彼女は言う。

＊

数日後、わたしはアトマ・キャンプに行った。アトマ・キャンプはその当時のシリアでいちばん大きな難民キャンプで、難民や悲惨な目に遭った人たち五万人が暮らしていた。わたしはラーナという名の女性を探していた。ラーナは、レイプされたシリア難民の女性たちのグループを支援していた。レイプされた女性は、専門用語で、「生還者《サバイバー》」と呼ばれる。

難民キャンプという点から見れば、アトマはうまく運営されていた。人の生活という点から見れば、悲惨極まりなかった。

キャンプの医師は若い男性で、たどたどしい英語を話した。その医師に、わたしが調査していることを話すと、激しい苦悩の表情を浮かべた。わたしはレイプという言葉を使わず、「性暴力」とだけ言った。

「シリアでは、罪のない人々がいちばんひどい目に遭っています」医師はようやく言った。「触られたことのある女性を本当に探しているのですか？　われわれにとって、性暴力は男たちに対する最悪の仕打ちですよ。なぜなら、彼女たちはわれわれの女なんですから」

わたしたちは丘を下り、水汲み場を通り過ぎた。そこにはシャワーと流し台が備え付けられていた。たった十二個の水汲み場を、何百何千という人々が使っていた。

ひとりの痩せっぽちの男の子がわたしたちの後をついてきているのに気づいた。ごく普通の子に見えた。わたしには九歳になる息子がいるのだが、その息子と同じくらいの年齢だった。青いフードで顔を隠していた。偽物のジースター・ジーンズをはいていた。

そしてようやくその子の顔が見えた。焼けただれていた。口は穴が開いているだけで、鼻の形そのものがなかった。耳はぺらぺらした皮膚が垂れているだけだった。その皮膚はかつては頭にぴったりと張りついていたのだ。

わたしはその子に名前を尋ねた。アブドゥラーだと言い、十一歳だと教えてくれた。医師が案内役として補佐してくれたが、アトマ・キャンプでレイプされた女性を探すことはできなかった。移動したあとだった。その後で、またアブドゥラーに会った。難民テントの前に立っていた。そこが彼の家だった。

彼の両親が中に招いてくれた。両親から、去年の十月にハマーの町の自宅でアブドゥラーが重傷を負った様子を聞いた。

晴天だった。爆弾を投下するのにいい日だった。その日、爆弾が飛んできたとき、アブドゥラーはコンピューターで遊んでいた。子供たちを家の中に閉じ込めておくのはとても難しいものです、と母親は言った。爆発音がしたので、恐怖に駆られたアブドゥラーは外に飛び出した。

彼の家の近くに着弾した爆弾の全衝撃が彼を襲った。

「爆弾が落ちたその日、私はこの世でもっとも恐ろしい声を聞きました」と父親が言った。「自分の息子が痛みに悲鳴をあげる声を」

父親はアブドゥラーを見た。アブドゥラーは困ったように父親を見返した。

すると父親はある言葉を口にした。ナーダとシャヒーニーズもわたしにその言葉を言った。尋問者はその言葉を言いながら彼女たちを痛めつけた。それは活動家たちがダルアーで初めてデモをおこなったときのスローガンで、シリア全土の町や村にゆっくりと広がっていった。「自由が欲しい」。

それからアブドゥラーの父親は、息子の赤剝けた顔を見ながら、こう尋ねた。「それで、これが自由ですか?」

第三章　マアルーラとダマスカス　二〇一二年六月―十二月

わたしはマアルーラにいて、厳格な修道女たちが朝の祈りを捧げる姿を見ていた。静謐《せいひつ》で内省的なその瞬間に、ダマスカスに車爆弾が戻ってきたという噂を耳にした。マアルーラはとても古い山頂の町で、断崖を削って作られている。霊的な治癒力と健康を取り戻す大気に満ちていることで有名になった。とても惹きつけられる場所、寛容さがオアシスのように満ち溢れているところだ。住民たちのほとんどはキリスト教徒で、イエス・キリストが話していた西アラム語をいまも話している。シリアの内戦が始まったとき、派閥主義に屈することなく、混沌状態にも引きずり込まれない、という誓約を立てた。

そう決意できたのは、町の地の利のおかげだった。マアルーラはダマスカスとホムスを結ぶ道のちょうど中間点にある。この町が孤高の立場を取っているのにはこれまでの苦い歴史が影響している。

マアルーラは一九二五年の大シリア反乱のあいだ包囲されていた。ドゥルーズ派〔訳註　レバノンを中心にシリア、イスラエル、ヨルダンなどに存在するイスラム教の一派で、コーランを用いないことが特徴〕、キリスト教徒、イスラム教徒が協力し、フランスの植民地支配からの解放を訴えたためだ。その動乱の歴史はいまだに消えることはない。老人たちは、女性や子供が残虐行為から逃れるために町を取り囲む三つの山の洞穴の中に隠れていたという話を聞かされてきたからだ。

キリスト教徒の大部分は、ギリシア正教とアンティオキア正教〔訳註　シリア内のキリスト教の最大教派で、ダマスカスに本部が置かれている〕から枝分かれした人々である。そしてイスラム教徒はスンニ派に属している。とはいえ、大半の人々は宗派で自分たちを分類することはなく、実にあっさりと、「マアルーラ出身です」と言う。

その朝ダマスカスで、わたしは早めに起き、ダマスカス出身の友人でスンニ派のマリアムとマアルーラに向かった。車で一時間ほどの距離だ。町に着いて、さまざまな通りを歩いた。オリーブとポプラの木々が縁にそって植えられている涼しい中庭はひっそりと静まり返り、喧噪のダマスカスから来た身にはありがたかった。マリアムは子供のころにここに来て、修道女が静かに慎ましやかに日々の修行をおこない、杏ジャムを作ったり、礼拝堂で燭台を磨いたりする様子を見ていたという。

この町にマリアムの友だちがいた。マハムード・ディアブというスンニ派の導師《イマーム》〔訳註　モスクでの集団礼拝を先導する人〕だった。マリアムは躊躇《ためら》いがちに導師の家のドアを叩き、中に入ってお茶をご一緒して、お話ししてもかまいませんか、と言った。導師はドアを開け、スカーフで頭を覆ってくださいと言い、花の咲いている木々の下にある椅子に案内してくれた。その庭の壁にも、アサドのかなり古くなったポスターが貼り付けられていた。「いまもアサドを支援しているのですか」とわたしは訊いた。

ディアブは驚いたようだった。「もちろんですよ」と答えた。

わたしたちはしばらく何も言わず、お茶が来るのを待った。導師は小鳥の囀《さえず》りを聴くような仕草をした。わたしは、どうしてマアルーラはこんなに平和なのでしょう、と訊いた。

「この戦争が始まったころ、この町の宗教指導者たちと話し合いをしたんです」ディアブは言った。「いちばん大きな修道会の司教さんと女子修道院長です。それでわれわれは、周囲の山が戦いで爆撃を受けても、戦争には参加しないことを決めました」

ディアブは生まれも育ちもマアルーラではなかったが、ここで教育を受け、ここで結婚した。この時点で、彼はシリア議会の一員だった。スンニ派だが、だからといってこの町を破壊したくはなかった。

「これは宗派間の戦争ですよ、政治的には別の言い方をしていますが」ディアブは肩をすくめながら言った。「でも本当に、ここマアルーラでは戦闘がないんですよ。ここではみなが知り合いですからね」

紀元一世紀に、聖テクラ——多神教徒の王子の娘で、聖パウロの弟子となり、聖パウロの妻ともされる人——は、キリスト教徒になった娘を殺そうと父親が派遣した兵士から逃れてこの地に来た。それ以来、他者に寛大であることがマアルーラの伝統になっていた。

古くからの言い伝えでは――そして昔の人たちの話では――疲れ果てたテクラが山の切り立った崖に行く手を阻まれ、その場に跪《ひざまず》いて祈りをあげると、山がふたつに割れた。「マアルーラ」とはアラム語で「入り口」という意味である。

「この山にいるのはみな民族も宗教も違います。でも、わたしたちはマアルーラを絶対に破壊されないようにする、と決めたんです」とディアブは言った。

聖テクラの古い聖堂で、キリスト教の修道女――アサド政権の熱烈な支持者たち――は孤立した静かな生活を送り、神と国のために身を捧げている。狭い清潔な部屋で眠り、一日を祈りと作業と病人の世話に費やす。修道院は孤児院も運営している。

女子修道院ではひっきりなしに鳥が囀り、金色の果物の入った大きなガラスの器を持った修道女たちが大理石の階段を上り下りする音がするが、それ以外はまったく音がない。果物は自分たちで作って売っている。中庭で杏を箱に入れて乾燥させている。熱せられた果物のにおいは礼拝堂の香《こう》のようにどっしりと濃い。

この女子修道院はマアルーラにある四十の聖地のひとつで、戦争が始まる前、キリスト教徒とイスラム教徒は不妊の女性や病人を癒やすために祈り、聖テクラの祈りでふたつに割れたと言われる岩からにじみ出る水を飲んでいた。

宗教は重要な問題ではない、とマザー・サヤフは言った。彼女はギリシア正教徒で、三十年間この修道院で暮らしている。外の光が遮断された静かで真っ暗な部屋で話をしてくれた。若い修道女が冷たい水のグラスをトレイに載せて運んできた。マアルーラの空気はとても新鮮なので、医師が回復させたい病人を送り込んでくるんですよ、と彼女は言った。「重症を負ったイスラム教徒のイラク人が来たことがありました。療養のために来たんです」。どの宗教を信じているかにかかわりなく、来た人を受け入れるという。と同時に、マザー・サヤフはアサドを信じていることを公言して憚《はばか》らなかった。この二年後、イスラム教徒が聖戦のためにマアルーラに入ってきたとき、アサド政権への彼女の献身のあり方が問われることになる。

わたしはマアルーラに何度か行き、修道士や修道女に会った。最後に会ったのは二〇一二年十一月、戦闘が始まったホムスやダマスカスやアレッポから、人々は肉親のいる海外の避難所や、少しでも平和な地域を求めて逃げ惑っていたが、安全で豊かな地と信じてマアルーラに戻ってきた人たちもいた。

「わたしの国だもの」とシリア系アメリカ人のアントネッラが言った。彼女は三年前にロサンゼルスとマイアミを後にして生まれ故郷に戻り、カフェを開いた。彼女は自分の店で——電気は来ていない——わたしに地図を見せてくれた。マアルーラがユネスコの保護する歴史遺産であることを指摘し、この場所が粉々にされることはないと思う、と言った。

戦争が始まり、戦闘がマアルーラの近くまで及んできたとき、アントネッラには立ち去るチャンスがあったが出ていかなかった。「ここにいたいの」。とはいえ、商売は打撃を受けた。金がなかった。それに、扶養しなければならない年老いた母親がいた。

マアルーラは以前とすっかり変わってしまった、と彼女は言う。「ここに戻ってきたばかりのころは、観光バスが一日に五十台もやってきた」。いまでこそわたしと彼女以外だれもいないこのカフェも、当時は人でごった返していたという。でもいまは、次の冬を越せるかどうかわからない。

その前年、レバノン国境付近にある戦略的な立地条件のよい町、山の向こう側に位置するヤブルードで戦闘があったとき、アントネッラは自分の国が戦争の真っ最中で、人々が死んでいることをようやく理解した。「それでひどく落ち込んだ」と彼女は言う。「いまのところマアルーラは静かだけれど、この先どうなるかだれにもわからないわ」

けれども彼女は平然とアサドを支持していた。「この国を破壊したのは反政府軍よ」と言った。ほかの意見はなかった。

彼女の兄アドナンもアメリカから戻っていた。彼は座るとすぐに経済のことを話し始めた。制裁のせいで、そして国境の通過が禁止されたために――そのあたりで戦闘が続いているのでトラックが通れないのだ――食料品の値段がうなぎ上りだ。外国人観光客が来なくなった。人々は必要なものしか買えない。アントネッラの店のような小商いは死につつある。

「これが第三次世界大戦の始まりだよ」とアドナンは言った。「シリアから始まり、一帯を巻き込んでいくのさ。これは代理戦争だ」

わたしは丘を登り、導師ディアブに別れの挨拶をしに行った。もうひとつだけ訊きたいことがあった。寛容さで知られた町は、邪悪な宗派間戦争が徐々に外へと広がっていくことに抵抗できるのだろうか。

「だれもがキリスト教徒であり、だれもがイスラム教徒です」と導師は口当たりのいい言葉を使った。質問に答えていなかった。イスラム教徒の人口比を崩したくないと言った。「宗教が問題ではないのです。ここの状況が悪化することはありません。その反対ですよ。人々は支え合っています」

「もしわれわれがサラフィー主義者〈訳註　スンニ派の一派でアルカイダ等のジハード主義者〉になったら」と導師は言った。「宗教がバランス良く混じり合っている状態を失ってしまう。それは悲劇です。だれもが彼らのようになってしまう。そうなれば、もうここは住めなくなりますよ」

二〇一三年九月四日。マアルーラの入り口にあるシリア軍の検問所で、ヨルダン人による自爆テロが起きた。その後反政府軍が検問所を攻撃し――自爆テロは攻撃の合図だったと思われている——八人の兵士を殺し、この歴史ある町の地区をいくつか制圧した。シリア軍はその二日後に反撃して町を奪還し、さらに町の周囲にいるジハード主義者たちへの攻撃を続けた。しかし反政府軍側は増援を受け、再び町を制圧し、いくつかの教会を焼き、住民のキリスト教徒に危害を加えたと伝えられた。複数の情報源によれば、町の住人のほとんど全員が町を去り、五十人ほどが残るばかりということだった。シリア軍は反政府軍を制圧し、九月十五日にマアルーラを手に入れ、多くの住人が戻ってきたものの、さらなる攻撃を怖れながら暮らしていた。

十一月下旬に、反府政軍は再びマアルーラの町に攻撃を仕掛け、この戦争で捕らえられた反政府軍の囚人と交換するための人質として、修道女十二人を拉致した。

二〇一四年四月十四日、シリア軍はヒズボラ〔訳註　シーア派の過激組織〕の協力を得て、マアルーラを再び手中に収めた。

六十二歳のアドナン・ナスララーはこの一連の戦いを思い出して言った。「ヌスラ戦線のへアバンドをした人たちが十字架に向けて銃を撃っているのを見たよ」。そのうちのひとりは、「近所の人の頭にピストルを押し当てて、イスラム教に改宗しろと命じ、『神はひとりの神のみ』という言葉を言わせていた。それから『こいつは仲間になったぞ』とふざけた口調で言っていた」

二〇一五年二月の終わりに、マアルーラのキリスト教徒たちは、イラクとレバント地方のイスラム国に誘拐されて殺された何百人もの仲間のキリスト教徒のために祈りを捧げた。

二〇一二年のその日、イスラム過激派がやってくるかなり前のことだが、ダマスカスに戻る車中にいても、戦争の足音がマアルーラに迫ってきているのがわかった。ダマスカスに近づくと、煙が幾筋も上がり、建物がかすんで見えた。車爆弾だった。太陽がその車にぎらぎらと反射し、静寂に守られた涼やかな修道院とは対照的だった。道路封鎖による渋滞は何キロも続いていたため、道路脇で車から降り、爆発現場まで歩いた。

ゴムの燃えるにおいがした。枠組みだけになった車が何台もあった。怪我人が出なかったのは幸いだった。爆発は「粘着性爆弾」——車体の裏にテープで貼り付けた手製爆弾——によるものだった。爆弾が仕掛けられた車は、ラッシュアワーに裁判所のすぐそばに停められていた。「素人のやり方だよ」国連の職員が後に言った。「爆弾を仕掛ける人間は自分が何をしているのかわかっていないんだ。人々が反政府軍を憎むようになってしまうのに」

しばらくして、それが本当になった。人々は反政府軍と「外国の干渉者」を、爆弾を破裂させたことで非難した。大勢の人々が集まった。自分の町が瞬く間に破壊の対象になったことへの怒りは、国中に広がっていった。

「われらの友人はロシアだけ！」爆破現場近くで、身なりのいい男性が叫んでいた。その顔は怒りで歪んでいた。「われらの国を爆破させているのは外国人だ。シリアはシリア人に！」

国中に広がった爆弾と混沌は「外の組織」によるものと一般には信じられていた。長いあいだアサドの要塞だったダマスカスでは、特にそう信じられていた。人々は、反政府軍がこの国を支配すれば、この国はサラフィー主義者の国の属国になると信じていた。サラフィー主義者の国はイスラムのカリフ制で、女性は家から一歩も出られず、キリスト教徒は閉じ込められたり奴隷として売られたりする。

これが起きたのは、イスラム国の噂を聞く一年ほど前のことだった。

人々がわたしたちのまわりに集まってきた。暑さのせいで、見えない未来のせいで、自分たちの通りをめちゃめちゃにした暴力のせいで、人々はいきりたっていた。わたしのドライバーは早く出発したがった。

ホテルに戻ってから、夕暮れが迫るなかでプール・パーティが終わるのを眺めていた。たそがれのかすかな光を背に、鼻につんとくるようなふわりとした灰色の煙が渦を巻き、暗い日々が訪れることを警告しているかのようだった。

「チュニジアで起きたことを、見てごらんよ。リビアで起きたことを、エジプトで起きたことを」とアハメドが言った。ピンク色のラコステのシャツを着て色あせたジーンズとナイキをはいた、裕福な家の十七歳の少年で、挑発的で情熱的だ。彼はシリア人ではない者と話したがっていたが、そういうチャンスがいつもあるわけではなかった。「ねえ、聞いてよ。だれも彼も、ぼくたちが悪い、アサドは怪物だって思ってる。でも、別の見方だってあるんだよ」

アハメドは、ダマスカスでのディナーパーティの後で、わたしの滞在しているホテルまで車で送ってくれた。彼の母親の気遣いだった。「あの子は政治についてしっかりした考えを持っていましてね」母親が言った。「わたしたちみんなが考えていることを言葉にするんです」。それで彼は車の鍵を受け取り、曲がりくねった道を走り、わたしをホテルまで送り届けてくれた。

アハメドは裕福な一族の一員で、ダマスカスの優秀な学校に通い、居心地のいい邸宅に家族と住んでいた。シリア軍で短期間の兵役につき、その後アメリカに渡って大学で勉強することになっていた。

その夜のディナー・パーティには彼の母親と祖母、伯母や従姉妹もいた。みな高等教育を受けていて多言語を話し、何種類かのパスポートを持っていた。二重国籍で、第二のパスポートを持ち、いつでも国外に出られるというのは、ダマスカスのエリート階級では一般的なことだった。エリート階級がアサドを支持するのはそのせいかもしれませんね――国が悪い方向に向かっても、彼らには逃げる場所がある――とわたしが言うと、彼の母親は憂鬱そうにわたしを見た。「わたしたちは何年ものあいだフランスの占領下に置かれ、革命が何度も起き、バアス党に支配されてきたんですよ。もうイスラム過激派に支配されるのはごめんです」

ディナーが済んでからバルコニーに出たわたしたちは、花の咲いたジャスミンの木に囲まれて座り、林檎の香りのする水煙草をふかした。アハメドは籐椅子に座っていた。「ぼくは百パーセントいまの政権を支持しているよ。アサドのしてることが全部正しいだなんて思っちゃいないけど」と彼は言った。「でも、いまは変化するのにいい時期じゃない。西側がしゃしゃり出てくるようなことじゃない」

「シリアは地理的要衝にある」彼はさらに言った。「みんながここを欲しがっている。それに、どうしてサウジアラビアに民主主義を教えてもらわなくちゃならないんだ。奴らは反政府軍に武器を売ってるだろ。それにサウジアラビアは、女性に車の運転をさせないじゃないか」

パーティは深夜まで続いた。それからそれぞれの家に帰っていった。夜間外出禁止令は出ていなかった。ディナーや、家族との外出から帰ってくる人たちが、まだ通りを歩いていた。通りの一角に投光照明が当たって白く浮き上がっているところがあった。内戦になったと宣言したばかりの国の真ん中で、コマーシャルの撮影がおこなわれていたのだ。

「人生は続いていくよ」とアハメドは言った。

大勢の人々がその撮影を眺めていた。そして数人の俳優が出番を待っていた。ディーマという女優がいた。その前日、ホテルで彼女に会った。そのときは雑誌の写真撮影のためにグッチのドレスと、クリスチャン・ルブタンのハイヒールを身につけていた。このシューズブランドは、大統領夫人アスマ・アル＝アサドのお気に入りだった。

ジャーナリストのジョーン・ジュリエット・バックが、アメリカの「ヴォーグ」誌のためにアスマにインタビューし、「砂漠の薔薇」という記事にまとめた。その中でバックは、独裁者の妻の美しさと博愛を褒め称えた。具合の悪いことに、記事が掲載されたのが二〇一一年三月の「権力」特集号で、アラブの春が中東で芽生え始めた時期だった。いかに大勢の人がアサド政権の権力維持のために殺されたかが明らかになり、ヴォーグは批判の嵐にさらされ、二〇一一年五月にウェブサイトは削除された。

バックは後に、アサド家の政治については一切触れるなという圧力を受けていたと述べている。つまり言外にバックは、アスマの義父の政権がイスラム過激派を一掃するために三週間で数千人を殺した事実（一九八二年のハマーの虐殺）に触れることで、アスマの美しさへの讃辞を台無しにすることはできなかった、ということを言いたいのである。そしてアスマの夫はいまも、基本的に父親と同じことをしていた。

ディーマもアスマのように「ヴォーグ」誌に載りたいと思っていた。初めてディーマを見たとき、彼女は窓辺に据えられた椅子に座っていた。ディーマもアスマのように目を見張る美しさを備えていた。魅惑的な目、しっかりした骨格。ディーマはわたしを見て微笑み、こちらに来て、という仕草をした。彼女はわかりやすい英語を話し、世界のニュースを聞きたがった。「戦争のニュースはいや」と彼女は言った。「お願いだから戦争の話はしないで。世界の話をしてちょうだい。外では何が起きているの？　ニューヨークやカリフォルニアに行きたいわ」。ディーマはカニエ・ウェストとキム・カーダシアン〔訳註　アメリカのセレブリティ〕について、戦争のない国の映画館で公開している映画のこと、音楽と雑誌とファッションのことを聞きたがった。

アハメドと会った夜、ディーマは車の中にいるわたしを見て、こう呼びかけた。「こっちに来たら？　ちょうど撮影に入るところよ」

彼女の後ろには、ぼんやりとしてよく見えなかったが、革のジャケットを着た逞しい男がふたりいた。そのひとりが彼女に、わたしと話し終わったらこっちに来るように、と合図していた。彼女は頷いてそれに従った。ディーマは厳しい表情で男と話していた。それからわたしの車に近づいてきた。今度はもう、親しげな態度ではなかった。

「もう行ったほうがいいわ」と彼女は言った。「もう遅いしね。明日、電話するから。コーヒーを飲みましょう」

「あの男の人たちはだれなの？　ボディーガード？」

ディーマは男のほうを見て、聞かれていないことを確かめると、両手をわたしの耳に当てて口を近づけた。まるで幼い子が秘密を打ち明けるときのように。首を横に振りながら。

「あの人たちはシャッビーハよ。早く帰って」

ダマスカスにはふたつの顔がある。

日夜コンピューターの前で働いている反政府軍の活動家たちがいる。彼らはアサドを失脚させるために外で活動したりもする。わたしにこっそり会いに来るのはこの人たちだ。ある日オフィスから姿を消すのもこの人たちだ。自由な表現を求めるグループを作った弁護士のマゼン・ダーウィッシュや、もうひとりの人権活動家の弁護士ラザン・ゼイトーネもそうだった。四十五日の拘留期間ぎりぎりまで刑務所に入れられるような危険をあえて冒す人もいれば（フランスの委任統治時代の行政拘禁と同じように、告訴されることなく拘留される）、そもそも恐怖心がないような人もいる。平和を訴える人たちはデモをしたというだけで投獄され、その後どうなったのか家族ですら知らされていない。

内戦が始まって四年になるが、二〇一五年までにシリアで行方不明になったり拘留されたりした者の数を数えるのは難しい。しかし人権侵害証拠収集センターのバッサム・アル＝アーマドはこう言っている。「名前がわかっているだけでも、この政権が拘束した人は三万六千人にのぼります。イスラム国に拘束されたのは千二百人。けれども、われわれが概算した数字では、このふたつの数字はもっと大きくなりますよ」。シリア人権保護組織が出した人数はもっと多い。

国際人権連盟の会長カリム・ラヒジによれば、拘束された人々、とりわけ政治犯として投獄された人々が置かれた状況はむごいものだという。「監獄では拷問と虐待が当たり前におこなわれています。信じられないほど大勢の人たちが任意に拘留されているのです」

「私は、拷問が喫緊の問題となっている多くの国で仕事をしてきましたが、率直なところ、これほど広く組織的に拷問がおこなわれている国がほかにあったかどうか思い出せません」とヒューマン・ライツ・ウォッチのオール・ソルヴァングも言っている。「シリア政府は何百という拷問施設が国中に点在している『拷問所群島』を運営しているんですよ」

シリアのもうひとつの顔は、拷問所群島とは違う。ダマスカスでのパーティタイムだ。人々は、お洒落なレストラン「ナレンジ」でシャンパンを飲み、背中の開いたぴったりしたドレスに身を包んで結婚式を挙げ、ラ・ジョルダン・レストランでドゥルーズ派のミュージシャンを呼んで派手なパーティを開き、投獄されていない俳優を使って最高級のコマーシャルを作る。

「『われわれの世界を変えたいとは思わない』ということですよ。私はいまも毎日ジョギングしたりプールで泳いだりしてます」六十四歳の裕福なビジネスマンのリーダは、ランチを食べながらそう言った。「これは内戦じゃありませんよ。われわれの政権は揺るぎません。七十パーセントの国民がアサドを支持してます」

「あなたはこの世界を変えたいとは思わないでしょうが、変えたいと思っている人はいるんですよ」とわたしは言った。「その人たちは爆撃され、拷問され、銃で撃たれています」

「それは報道関係者の偏見ですな」と彼はやり返した。

彼の妻マリアは（ヘッドスカーフをして毎週のようにオペラを観に行く）、夫の意見に同意した。「自由シリア軍がやってきて、店を閉めて政府に抗議しようと言い、人々が従わないと店に火を付けたのよ」と彼女は言った。「だからわたしは政府を支持してます」

「ひょっとしたら怖いんですか？」とわたしは訊いた。「あなたがたの世界が変わることが」

「怖くはありませんよ」リーダが言った。「先週、うちのバルコニーで二十人のパーティを開きましたよ。みんな、すっかり寛いで水煙草を吸ってました。遠くで銃声が聞こえましたが、それもはるか彼方でした」

シリアで過ごした数年間で、中東で二番目に豪華だというオペラハウスに行ったのは二度だけだ。一度目はマリアとリーダといっしょに。二度目は指揮者に会うために。指揮者は名を伏せてほしいと言った。

「わたしたちは、船が沈むあいだずっとオーケストラが演奏していたタイタニック号とは違うんですよ」と指揮者は言った。彼女のオフィスでのことだ。彼女は頭上を指さしてから、唇に指を押し当てた。つまり、盗聴器が仕掛けられているかもしれないということである。国家安全保障の役に立つのがどんな音楽かわたしにはわからないけれど。

一九九二年から一九九五年のサラエヴォ包囲攻撃のとき、サラエヴォの国会図書館が崩壊していくなかでアルビノーニのアダージョを何度も繰り返し演奏していたチェリストのことを彼女に話した。すると彼女は、レニングラードがドイツ軍に包囲されたときにショスタコーヴィチの交響曲第七番を演奏したロシアの音楽家たちのことに触れた。拡声器でその演奏を流し、ドイツ軍の怒りを買った。

「音楽と美術は、ときとして魂を活気づけてくれます」と彼女は言った。「人々に希望を与えます」。だが、コンサートに行くには、安全とはとても言いがたい夜に、いくつもの検問所を通過しなければならないのである。

彼女は、リーダとマリアとは違って、怖いと言った。「人々はこの町から出ていっています。荷物をまとめ、ヨーロッパやレバノンに」。暑い夏にもかかわらず、彼女は震えていた。「ここはわたしの国です。どこに行けると言うのです?」

それから間もなく、彼女も国外に逃げたという噂を聞いた。一流の仕事と、中東で二番目のオペラハウスを後にしてパリに行ったということだった。

ところが、彼女はまだシリアにいたのである。ある朝、子供交響楽団の練習を見に来ないかと誘われた。シリアを訪れているイギリス人指揮者が指揮するという。彼女は、その指揮者が「こんなときにわざわざ」来てくれたことを誇りに思っていた。

オーケストラの演奏家の中には幼な過ぎる子もいた。八歳くらいの子が、小さな手で楽器を持っていた。けれどもほかの子供たちは、よその国から集められたティーンエイジャーに見えた。ブレスレットをし、バギー・ジーンズをはき、ふわりと垂れた髪のブラジル人たち。みなは無邪気な子供ならではの力強い歌を歌った。フンパーディンクがオペラにしたおとぎ話『ヘンゼルとグレーテル』から、「夕べの祈り」だ。

夜になって眠りに就くと

十四人の天使が守ってくれる
ふたりはわたしの頭を守り
ふたりはわたしの足元を守り
ふたりはわたしの右側に
ふたりはわたしの左側に
ふたりはわたしを包みこみ

ふたりはわたしを目覚めさす
ふたりはわたしを連れていく
天国へ
静かに眠っていると
天国が夢に現れる
天使がわたしのまわりを舞う

天使がわたしを見つけたと囁く
ふたりは優しく歌っている
ふたりは花飾りを持ってくる

薔薇の花でわたしを覆う
わたしの魂が憩うので
神は決してわたしを見捨てない
ようやく夜が明けてわたしは目を覚ます

わたしはしばらくそこに座って、楽譜を緊張してにらみながら楽器を初恋の相手のように抱えている若い顔を見つめていた。来年の今頃この部屋に来たら、どうなっているだろう。少年の何人かは徴兵されているかもしれない。この国から逃げた子は何人いるだろう。生き延びている子がひとりでもいるのだろうか、とは考えないようにした。

指揮者に促されて芝居が再び始まった。耳を澄まして聴き、注意深く観ているうちに、わたしはしだいに感情が揺さぶられてきて、赤ん坊だった息子をベビーベッドで寝かしつけるときに歌ってやった歌詞を思い出した。抵抗の歌、安心させる歌、愛の歌。でも、わたしにはうすうすわかっていた。シリアを守っている者はひとりもいないことが。ここには天使もいないし、もしかしたら、神にもとっくに見捨てられているかもしれない、と。

マリア・サアーデの名字は、「幸せ」という意味だ。フランス統治時代からあるスター・スクエアに住んでいた。一九二〇年代に作られた古い建物で、修繕しながら暮らしている。保存再生建築士で、シリアとフランスで教育と訓練を受け、最近になって、経験がないにもかかわらず、キリスト教徒の唯一の自立した女性として国会議員に選出された。

キリスト教徒たちは不安に陥っている。シリア滞在中、わたしは日曜日に教会（東方教会か正教会）に行き、信者たちが跪《ひざまず》いて祈るのを見ていた。蜜蠟の濃い香りが満ち、彼らの表情には恐怖が宿っていた。それで、二〇〇三年にアメリカ軍が侵攻してくる前にモスルでミサに参加したことを思い出した（モスルは二〇一四年七月十日にイスラム国に壊滅させられ、キリスト教徒たちは離散していった）。恐怖と信仰の入り交じった顔だ。ロザリオを握りしめる手が震え、平和と守護を願う祈りをあげている。ダマスカスで、何人かの教区民がミサの後わたしのところにやってきて、これからどうなるのか、と尋ねた。われわれはここから一掃されるのか、ほかの国のキリスト教徒はわれわれのことをどう思っているのか、どこに行けばいいのか、アメリカ合衆国はわれわれを救ってくれるのか。

少数派キリスト教徒が怖れていたのは、もし新しい政府が——それはイスラム原理主義を標榜する政府かもしれない——成立して支配したら、一九一五年にアルメニア人がトルコ政府に追放されて虐殺されたように〔訳註　この「アルメニア人虐殺」で殺された人は五十万人とも八十万人とも言われている〕、自分たちもシリア政府から抹殺されるのではないか、ということだった。「アラウィー派を棺桶へ、キリスト教徒をベイルートへ」というのが、反政府勢力の過激派のシュプレヒコールのひとつだ。

しかしマリアは、大丈夫だと思っているようだった。ベイルートに行くつもりはなかった。広い最上階のアパートメントのルーフテラスで寛ぎ、ふたりの幼い子供（ペルラとローランド）は窓から外を覗き、フィリピン人のメイドがお茶を出した。これが平和なときのごく普通の日常だった。もっとも、その日早くに車爆弾が爆発してはいたが。

マリアは長身で金髪、多言語を話した。夫は実業家だった。彼女は、たとえ自分が少数派だと感じてはいても、たとえ学生時代に成績がよかったにもかかわらずアラウィー派の学生たちの意見が聞き入れられ自分の意見は無視されたと言ってはいても、現政府から利益を得ている人たちのひとりだった。

彼女は政府支持者だったが、変化を求めてはいた。ただ、いまではない、と彼女は言った。「まだその準備ができていないわ」

彼女は政府が市民に拷問をおこなったり、ひどい怪我を負わせたり、殺したりしていることを信じようとしなかった。残虐な行為をわたしがひとつひとつ挙げていくと、彼女はわたしを制し、お茶のカップをテーブルに置いた。天使のような笑みを浮かべて。

「わたしたちの大統領が国民を迫害できるだなんて思っているの？」彼女は信じられないというふうに言った。「国民を毒ガスで殺すとでも？　殺害するとでも？　これはみんな外国の兵士たちの仕業よ。彼らはシリアの文化を変えたいの」

その週に、わたしは土曜日の夜に開かれているピアノとヴァイオリンのコンサートに行った。オペラハウスの指揮者が、バッハ、グリュック、ベートーヴェンの曲を指揮した。彼女は上品なロングドレスを着ていた。コンサートはアートハウスでおこなわれた。古い製材所の跡地に建てられた高級なホテルで、床のところどころがガラスの板でできていて、その上を水が流れていた。

アメリカの高級別荘地のハンプトンズやニューポートにあってもおかしくないような建物だった。聴きにきた人たちは、スパイク・ハイヒールを履いて黒いイブニング・ドレスを着た女性たちと、サンダルとチノパンというボヘミアンな男性と、躾のいきとどいた子供たちだった。

全員が着席すると、戦死者に一分間の黙禱を捧げるために起立、と言われた。それで子供たちも含め全員が静かに黙禱した。演奏が終わると、全員が立ち上がって指揮者とピアニストに拍手喝采を送った。それから、一人残らず野外レストランに移動し、キンキンに冷えたシャンパンを飲んだ。何人かが声を潜めて今日町のまわりで起きたことについて話していた。爆発と郊外での激しい戦闘。

「交響曲に乾杯」とひとりの男性がシャンパングラスを高く掲げて言った。それからしばらく間を置いてからこう言った。

「それから、われわれが数年後も無事でいることを願って」

戦場に送り出されて、脚やほかの体の一部を失って帰ってくれば、政府に対してシニカルな態度を取るのは当たり前である。

二〇一二年六月のある土曜日、その灼熱の朝にわたしはバルゼまで車で行った。バルゼはダマスカスにおける反政府組織の拠点があるところだった。抗議運動がたびたび起き、政府軍はそれを受けて反対勢力を逮捕したり銃弾を浴びせたり殺したりしていた。しかし、そこには政府が運営しているティシェリーン軍病院もあり、負傷兵の治療をおこない、死者を弔っていた。

その六月の朝、アサドのために戦って死んだ兵士たちの葬儀がおこなわれた。わたしの後をついてまわって病院側が見せたいものをわたしに見せるよう命じられた病院の管理人――ハイヒールに軍服という姿の四十くらいの女性――からなんとか離れ、埋葬の準備をする部屋を探し出した。兵士と病院職員が、車爆弾や簡易爆弾、銃弾やその破片で身体を損なった死者を簡素な木棺に収めていたが、わたしがいることにだれも気づかなかった。それから棺に釘を打ち、シリアの国旗で覆った。

死者の棺を運んでいくのは生きた兵士たちで、憂鬱なマーチングバンドの旋律に合わせて行進し、家族や部隊の仲間の待つ中庭へ向かった。姉妹、妻、母、兄弟、子供、婚約者、友人たちの顔は涙に濡れていた。

やがて、シリアを間近で観察していた者たちには、アサドが勝つことが、戦って勝つことを信条にした力の強いヒズボラ〔訳註　シーア派の過激派組織〕にシリア軍が支援されることが、内々にわかるようになる。ロシア、中国、イランなどアサドを支持する側は、カタール、トルコ（そしてさらに言えば、完全に支持しているわけではないものの、アメリカ合衆国、イギリス、フランス）など反体制派の支持者より勝利に自信を持っていた。

しかしこの日、たった一日のあいだに殺された大勢の人々の葬儀を見ていると、アサドの軍隊が反体制側からいかにひどい攻撃を受けているかがよくわかった。そして戦争がいかに野蛮なものか、という極めて基本的なことに立ち返ることになる。つまり、言い出すのは政治家で、戦うのは兵士だということ。そして兵士は人の子であり、その子たちが傷ついているということ。その子たちが殺されているということである。

役所でひとりの役人に会った。名前を教えてくれなかったが、親切な人で、コーヒーを淹れてくれた。砂糖入れを丁寧に置いて、わたしにスプーンを手渡すと、書類ファイルを取り出し、毎週百五人の政府軍兵士が死んでいると言った。病院から聞き出した数字とそのほかの報告書に記載された数字が元になっている。これは内密にしてくれと言われている、と彼は言った。この数字が明らかになれば精神的にもよくない、兵士の士気にもかかわる、息子を戦場に送り出さなければならない母親にとってもよくないことだから、と。

わたしたちはしばらく黙ってコーヒーを飲んだ。ようやく彼が言った。「死者の人数を数えるのが好きな人間なんてひとりもいませんよ」

病院の七階には、戦場に送られて戻ってきたフィリスという「人の子」がいた。三十歳の少佐で、長い髪に黒い瞳のとてもハンサムな青年だった。シーツに包まれて横たわっていたので、最初に見たとき、彼の右脚と右腕がないことに気づかなかった。わたしを見ると彼は微笑みながら身を起こした。そして唯一の手を差し出した。彼の身のこなしの中に自己憐憫は露ほどもなかった。わたしに座るよう促すと、言葉を選びながら話し始めた。

五月の下旬に、フィリス・ジャブルはホムスで戦っていた。ある午後（その日のことは、空に浮かんでいた雲の形や、頰に触れた大気の温かさといった細かなところまでよく覚えていた）、奇襲攻撃を受けた。銃で撃たれ、夥《おびただ》しく血を流しながら溝の中に横たわっていた。至近距離から彼を撃った男たちはシリア人ではなく、「外国人部隊だった」と彼は言った。「リビア人、レバノン人、イエメン人でした」

「外国人だというのは確かなことですか？」

「シリア人ではなかった。はっきりと言えます。彼らはシリア人ではなかった」彼らのアクセントを聞いた、と彼は言った。アラビア語ではあったが、彼の知っているアラビア語ではなかった。「外見も、戦い方もまったく違っていた――誓ってもいいですよ、シリア人は同胞のシリア人を殺したりはしません」

フィリスはアラウィー派だが、自分は敬虔な信徒ではないと言う。わたしたちが話しているあいだ、婚約者がベッドのそばにいて、片足から片足に体重を移しながら心配そうに立っていた。片腕と片脚をなくしたフィリスは一時間以上わたしと話をした。笑みを浮かべたまま。「自分を哀れむつもりはありませんよ」と言った。

「戦争であっても、こんなことにはならないほうがよかったんじゃありませんか？」わたしは尋ねた。

彼はベッドに横になった。「ぼくは国のために戦っていたんですよ！」

母親を紹介してもらった。彼は「ママ」と呼んでいた。母親は部屋の隅にある小さなホットプレートでコーヒーを作り、とても繊細な薔薇の香りのするアラビアのお菓子とピスタチオでもてなしてくれた。彼女は未亡人で、フィリスがいちばん上の息子だった。息子が負傷した日のことを語るのを聞いて涙を流していたが、息子は泣かなかった。息子を兵士として見たことはない、と彼女は言った。彼女にとって息子は、友人たちとサッカーをし、学校へ通っていた少年――自分が産んで育てた子供なのだ。

フィリスは、ぼくは政治的な人間ではないけれどアサドを信じていますよ、と言った。だから義肢が取り付けられるようになったらすぐに戦いに行きます、この国はとんでもなくすごい義肢を作れるんです、と言った。義足で走る運動選手についても話した。

「義足と義手をつけて前線に戻るつもりなんですか」

「ぼくは兵士です。上が命じるところならどこにでも行きます。そう、前線だろうとね。もう一度戦いたいですよ」

フィリスは振り返ってママに満面の笑みを向けた。ママは、息子が前線に戻ると言ったときに顔をしかめた。

「泣かないで」フィリスは、顔を壁のほうに向けたママに言った。フィリスは、体の腕も脚もない側を使って起き上がろうとした。それからわたしに言った。「ぼくを絶対に哀れまないでください。ぼくには愛するものがふたつある。婚約者とシリアです」

わたしが病室を出ると、フィリスは検査を受けるために連れていかれた。彼の母親はまだ壁を見つめていた。口をつけていないお菓子の皿が、彼女の膝の上に危なげに載っていた。

第四章　ホムス　二〇一二年三月八日　木曜日

　わたしが息子を出産したのは、アメリカがイラクを占領した直後のことだった。そのとき、息子の爪を切ることがわたしにはできなかった。理性的な反応ではなく本能的な反応だった。赤ちゃん用の小さな爪切りを手にして、半透明の――貝殻のようにピンク色で清潔な――指先を見ると、吐き気を催した。

　ある夜明け前の時間に、その神経症の原因について考えるともなく考えていると、いきなり、この簡単な行為を阻む原因に思い当たった。脳裏に浮かんできたのは、イラク人男性の姿だった。その人には爪がなかった。

　二〇〇三年四月の前、イラクのフセイン政権が崩壊しつつある時期に、わたしは数カ月のあいだ情報省の内部にオフィスを持っていた。不気味で不安を覚えずにはいられないところだった。しばらくすると、わたし自身がその世界にとらわれ、不安でがんじがらめになった。イラクに滞在するには特別なヴィザが必要だ。それを手に入れるために政府の役人に土下座する者もいた。ジャーナリストたちは国内に残って取材するためにつてを頼り、賄賂を渡し、懇願し、休日に殺して食べるための生きた羊を大臣たちに贈った。金や食料や高価なワイン、許可されていない西側の貴重な薬（リゲインといった脱毛症治療薬など）も贈った。

しかし、イラク国内に留まるには相当な資金が必要だった。ヴィザがあっても、わたしたちは見張られていたし、絶えず録画されていた。電話は盗聴されていた。宿泊しているホテルに隠しカメラがあることは全員が知っていた。わたしは服の脱ぎ着は暗いバスルームでおこなった。

わたしたちのまわりには残骸が、フセインの野蛮な政権の置き土産があった。怯えた人たち、発育不良の人たち、行方不明者の家族たち、残酷な拷問からの生還者たちが。

そのなかのひとりに、爪をすべて剝がされた男性がいた。月曜の朝には必ず、わたしのオフィスにやってきて、自分に爪がないことを意識することなく両手を差し出した。爪のあったところは血に染まり、赤い肉が見えていた。彼はその週の賄賂をもらいに来たのだ。彼の仕事は、情報省が監視していないときには使えないように、わたしの衛星電話を封印することだった。でも彼に賄賂を渡せば、彼だけが開けられるシールをもらえ、電話を使うことができた。もちろんこれは旧態依然としたくだらないやり方だが、その当時フセインがしていたことは、何もかもがくだらなかった。

その男性がやってきて手を差し出すたびに、わたしはその手を見てたちまちパニックに陥り、吐きそうになった。それなのに、爪が剝がされたその指先から目を離すことができなかった。口には出せない質問が、頭の中を駆け巡った。あなたはどんなことをして、そんな苦痛を味わったの？　密告者なの？　イラクから亡命しようとして捕らえられた？　独裁者を転覆させようとする秘密組織の一員？　もちろん、彼に訊いたことはない。訊いたところで答えてはくれなかっただろう。わたしたちが住んでいたのは恐怖の国だった。彼はわたしにとって、一生忘れられない悲惨な記憶のひとつになった。

男の名前を知ることはなかったが、彼はだれが見てもわかるような傷を負わされたことに何の恨みも抱いていないようだった。手というのは人に会ったときにいちばん目につくところなので、両手を差し出すたびに、彼が何かをしたことがたちまち明らかになった。

あるいは彼は何もしなかったのかもしれない。もしかしたら、とんでもない間違いだったのかもしれない。独裁政権下では、こういうことが四六時中起きている。人々は何年にもわたって閉じ込められ、忘れ去られていく。そして独房の鍵が開いて、看守が言う。「出ていいぞ」。そして閉じ込められた理由も釈放される理由も永久にわからない。

フセイン政権が倒れた日、衛星電話を使うためにシールを開けてもらおうと、爪のない男を探しに行った。アメリカ軍がやみくもにフセインの彫像を倒し、略奪が起こり、熱に浮かされている混沌の中にあって、通話を可能にしてくれる男がどうしても必要だった。しかし多くの政府関係者と同様に、その男もとっくに逃げてしまっていた。フセインのようにどこかの穴の中に隠れたのだ。

その後、わたしはイラクに何度も戻ったが、爪のない男に会うことはなかった。

何年も前、パレスチナ・ガザ地区の地中海のそばで会ったのは、類を見ないほど悲惨極まりない経験をした男だった。大きなトラウマを背負っていて、彼の背中に近づいていきなり肩を叩いたりすると、びっくりして跳び上がった。決して笑みを浮かべることがなかった。

彼はイスラエルのネゲヴ砂漠にある拷問センターに十五カ月間投獄されていた。アフリカの先住民は、未来という概念がなく現在しか理解できなかったため、投獄されたら死ぬと信じていた。その先住民のように、彼も毎朝目覚めるたびに、今日が最後の日だと思った。

「一度拷問されたら、もう人間には戻れない」と彼は言った。

拷問の被害者は、筆舌に尽くしがたい拷問中の痛みをどうやり過ごしたかということを詳しく語ることがよくある。ある人は、複雑なフランス語の動詞を思い出そうとしたという。またある人は、拷問を受けている肉体から精神を引き離すために瞑想していたという。

しかし、裏切られたという思いを抱かなかった被害者には会ったことがない。彼らはこう言う。自分たちを警察に売ったのはあいつだ、こんな目に遭わせたのは同郷の者かもしれない、あるいは、こんな悲惨な恐怖を与えたのは神なのではないか、と。

しかしシリアでは、裏切られたと感じているのは拷問の犠牲者ばかりではなかった。あらゆる立場にいる人々の忠誠心の代償は――戦争が始まって五年が経ったこの時点ではもはや何も信じていないとしても――法外なものだった。

重傷から回復しつつある自由シリア軍の難民兵士が住んでいるレバノン北部の町まで行き、拷問の犠牲者の病室のある階まで行った。

そこは、ここには書けないある地域の秘密の場所だった。取材する相手の氏名、地名や場所を決して明記しないようにと言われた。彼らは国を追われ、シリア国境を越えてこの町に入ってきた。自分たちを見つけ出して殺そうとしたり、シリアに強制的に送還しようとしたり、家族を傷つけようとしたりするアサドのスパイを怖れていた。

病室では、体から二十九発の銃弾を取り除いたという男性と出会った。「俺を紙みたいに、めちゃめちゃに撃ちやがった」と言った。

麻痺した体を板に固定されている男性がいた。孤児と遊んでいた。アサドの治安部隊に棍棒で徹底的に殴られたために脊髄が折れてしまったのだ。彼は板に横たわって、幼い子供のことで冗談を言った。そしてこのとき、ナーダやほかの人たちが繰り返し浴びせられたのと同じ言葉を口に出した。「俺を殴りつけながら、奴らはこう言った。『自由が欲しいんだろ？　これがその自由だ。ほらよ、これがおまえらの大事な自由だよ』と」

次に、フセインとここでは呼ぶことにするが、人権法を学ぶ学生に会った。長身痩軀《そうく》で髭を生やし、予想通り、荒涼とした表情をしていた。その顔を見てガザで会った男性のことと、もう人間には戻れないという言葉を思い出した。

フセインはその時二十四歳の若者に過ぎなかった。だぶだぶの黒いズボンをはき、Tシャツを着ていた。内気だったが、優しそうな物腰をしていた。わたしに何度も煙草のウィンストンを渡そうとし、その度にわたしはそれを断り、まるでコントのようだった。彼は、あなたにプレゼントをしたいんだ、と優しい口調で言い続け、わたしは、煙草は吸わないの、と言い続けた。彼は横たわっているベッドのシーツの上で煙草を押し出すようにした。結局、わたしはそれを手に取った。彼の手や腕には煙草の火を押しつけられた痕がたくさんあった。

別のベッドには、壁に寄りかかって人の話に耳を澄ましている十四歳の男の子がいた。今回の聞き取り取材の内容が陰惨なものになるのはわかっていたので、取材のあいだ病室から出ていたほうがいいのではないか、とわたしが言うと、その少年は、目の前で父親が殺されるのを見たからどんなことを聞いても平気だよ、と熱っぽい口調で言った。「好きに話してかまわないよ」と。

フセインはスンニ派で、敬虔な信徒だったが、それでもわたしと握手し――そのことにわたしは驚いた〔訳註　敬虔な信徒は普通、家族以外の女性には触れない〕――ベッドから降り、足を引きずりながら、わたしのために椅子を持ってきてくれた。彼は教養のある家庭の出身で、父親は公務員、兄弟たちはみな大学教育を受けていた。

そして、話を始める前に、ゆっくりとTシャツを脱いだ。深くて生々しい傷が、胸骨の真ん中から鼠蹊部《そけいぶ》の近くまで真っ直ぐ延びていた。その傷がすでに彼の過去を物語っていた。彼はため息をつき、煙草に火を付けて、低い声で話し始めた。

フセインはババ・アムル地区の出身だった。そこはホムス県の中心にある、破壊の象徴のような所だった。そしてシリアで三番目に大きな町ホムスは、二〇一一年五月から二〇一四年五月まで包囲されていた。これを書いている時点では――変わることもあるかもしれないが――ホムスはシリア政府の支配下にある。しかしシリア政府軍と民兵が二〇一一年春に初めてバ・アムルに侵攻したとき、アサド政権に反対する動乱の初期であったにもかかわらず、戦闘は激烈で、非人間的だった。

ホムスの人口構成は、シリアならではの宗教の多様性を反映しており、スンニ派、シーア派、アラウィー派、キリスト教徒の人々がひとつの共同体を形成していた。彼らは共存してはいたが――警察国家が崩壊したことで――共通の目的意識などなくなったことに気づいたのだ。

内戦はかなり早くホムスにやってきた。そして市街戦ならではの戦略的な戦い方で戦った。一本の通り、一軒の建物、ひとつのアパートメントをひとつずつ攻撃した。戦いはシーソーゲームのようだった。反対派が盛り返したかと思うと、次には政府軍が押し返した。

フセインは、兵士だったことはない、と言った。最初の平和的なデモを組織したひとりだった。その当時、抗議運動を率いていたのは、シリア人のテレビ女優フェドワ・スレイマンといったホムスの有名人たちだった。フェドワはアサド一族と同じアラウィー派に属していた。そのころのデモは、スローガンと行進とシュプレヒコールがアサドに対抗する武器だった。銃は使わなかった。

デモが暴力的な様相を呈してきたのは、いまはもうフランスで暮らしているスレイマンのような平和的にデモをおこなう人々が、暴力を嫌って去っていってからである。そのほかの人々はホムスに留まり武器を手にすることにし、自由シリア軍を結成した。アサド軍に不満があって軍を離れた大勢の下士官や、ろくな訓練を受けていない若くて未熟な兵士から構成された自由シリア軍は、一つの家族が四十年も支配することのない民主主義の国で暮らしたいという願いで結ばれていた。

フセインは、自分は自由シリア軍のメンバーではなかった、と言った。反政府側についたのは、軍事的な理由ではなく政治的な理由だった。「アラブの春」を見たことがきっかけだった。チュニジア、リビア、エジプトの人々が立ち上がったのを見て、彼と仲間は希望を抱くようになった。

「最初は、自由と人権を求めていたんです」とフセインは言ってから、少し間を置いた。「すると銃弾がやってきた」

記憶をたどることは、戦争や拷問を耐える必要のなかったわれわれでも難しい。ましてや戦争の記憶を、あるいは肉体の痛みや死別の記憶をたどるのは、一種、鉄のような精神力が必要だ。フセインがいちばんよく覚えているのは、肉体的苦痛だった。寒さ、飢餓感といった原始的な感覚だった。
ホムスでの最初の冬は寒かった。食料は見つけられなかった。水道は切られ、電気も切られた。部屋は蠟燭で照らされた。フセインは続けた。

アサドの軍隊は二〇一二年二月の終わりに全軍による猛攻を仕掛けてきた。奴らはわれわれの隣りのババ・アムルを奪還しようとしていた。でも戦闘と砲撃は二月の初めあたりからとっくに苛烈になっていた。二月の半ばには人々は疲弊しきっていた。二月最後の日に、だれかがぼくの家族に、ババ・アムルの反政府軍兵士たちを一掃してる、あと数日で戦闘は終わるよ、と言ったんだ。それはつまり、ぼくらが自分たちの土地を失うってことなんだ。

ヘリコプターがやってきたのを覚えてる。ある家族が銃で皆殺しにされたのを覚えてる。子供も五人いた。シリア軍の第四機甲師団が戦車と歩兵を送ってきた。
自由シリア軍とファローク旅団は怖れをなして逃げていった。奴らはかつてこう言っていた、最後のひとりになるまでババ・アムルを死守する、と。ところがさっさと逃げてった。奴らを責められない。武器がなかったんだから。ぼくらは家の中に留まった。三月一日、自由シリア軍はもう限界だった。奴らは「戦略的撤退」をした。近所の人によれば、十七人の兵士がアサド軍兵士に捕まり、その場で殺されたということだった。

ぼくらは一週間家の中にいた。

三月八日、午後七時半――その時間を覚えてるよ――男たちが外国語を話しているのを聞いた。ペルシア語だった。それで、アサドのために働いているイラン人兵士か、ヒズボラのどちらかだと思った。どっちなのか、ぼくにはわからない。

わからない。忘れたいと思っていることを思い出すのはとても辛いよ。

最初フセインは、ドアを開けなかった。ドアの陰に立ち、彼らと話をしようとした。「ぼくは、『ここにいるのは市民だ！　権利がある！』と言ったんだ」

しかし兵士たちは――軍服を着ていなかったので、民兵だったかもしれない、と彼は言った――すぐに銃を発射したので、結局彼の弟がしぶしぶドアを開けた。するといきなり兵士たちは弟の胸を至近距離から撃った。銃弾の威力で弟の体は離れた壁まで吹き飛ばされ、そこで倒れてかろうじて息をしていた。フセインは何もできなかった。

彼らは蜂の群れのように家の中に突進してきた。三十人くらいいた、とフセインは言う。彼らはすぐに、反撃できないようにフセインの肩と手を狙って撃った。フセインは衝撃を感じ、続いて激痛が襲ってきた。彼は指の欠けた手を持ち上げ、肩甲骨にできた赤い丸い染みに触れた。もう一度彼は撃たれ、その衝撃で後ろに倒れた。死につつある弟の横に彼も横たわった。弟は不思議そうな目で彼を見ていた。

「ぼくは弟が死んでいくのを見ているだけだった」と彼は静かな口調で言った。

男たちはフセインと弟の足と手をつかんで持ち上げると、トラックへ運んでいった。近隣の数十人の男たちも同じように運ばれていった。そしてトラックの荷台に投げ入れられた。山になったほかの人たちの上に。兵士たちは、人間の盾として市民を使うつもりだと言った。トラックに乗せられた者の中には、すでに死んでいる者もいた。多くの人がひどく殴られて、苦痛に呻《うめ》きながら横たわっていた。撃たれた者もいた。ほかの人たちは棍棒や杖で激しく殴られたようだった。

「ひとりの護衛が男の耳を引っ張り上げて、『バッシャール・アル＝アサドが俺の神だ、と言え』と言った。男は『神以外に神はなし』と答えた。すると護衛はその男を撃って、積み重なった体の山の上に放り上げた。護衛はほかの者たちを見て、威嚇するように言った。『おまえたちの神はアサドだ！』」

フセインは出血していたが、弟の方はいまにも死にそうだった。兵士たちはトラックに乗せた男たちを病院に運んでいったが、治療するためではなかった。フセインは病院がどのようなところかわかっていた。怪我を治療するところではなく、拷問するところなのだ。ドアが閉まるとすぐに、誘拐をおこなった男たちがフセインをプラスチックの棒や棍棒で乱暴に殴り始めた。

フセインの弟は死体置き場として使われている地下室へ放り投げられた。弟がひとりで死んでいったことがフセインにはわかっていた。おそらく窒息して、あるいは血液が肺に入ったために。そしてその地下室は、フセインが毎晩拷問のあとで眠るために投げ入れられた部屋でもあった。彼は死体の山の上に投げられた。

もちろん、眠れなかった。下にあるのはほとんどが死体だったからである。息のある者もいた。フセインは、人々が最期の息を引き取る音を聞きながらどんなふうに横になっていたか、詳しく語った。ある夜、死体の上に投げ出され、首をめぐらしてみると、死んだ弟が見えた。

監禁された最初の日、フセインを拷問にかける者たちは、シリア人で医師だと自己紹介した。四人いた。四人はフセインを、手術室として使われているらしい部屋に運んでいった。

「おまえは戦士か？」

「いや、学生だ」

「おまえは戦士か？」

フセインは言い張った。「ぼくは学生だ。法律を学んでいる」

彼らはフセインのペニスを取り出し、剃刀を手にした。そして、「いいか、これを切り落とすぞ」と言った。

彼らが剃刀をペニスに押しつけると、血が溢れ出した。それから膀胱を力任せに押して、無理矢理尿を出させた。

「なぜぼくを殺そうとする？」フセインは恐怖と痛みに震えながら尋ねた。

「おまえらが俺たちを殺そうとするからだよ」と彼らは答えた。

それからフセインを感電させた。そうやって三日間が過ぎた。殴りつけ、火傷させ、切り刻んだ。それからまた殴りつけ、火傷させ、切り刻んだ。最悪なのは、「切り刻むこと」だった、と彼は言う。

「奴らがぼくを切りにやってきた。ぼくは台の上に横たわり、目を閉じた。外科用のメスで奴らがぼくの腸を切るのを見た。まだショック状態だったせいか、なにも感じなかった。それから奴らはぼくの体から何かを引っ張り出した。引っ張られるのを感じた。腸だ。それを引き延ばした。奴らは手でそれをつかんで、体の外へ出した。反乱軍はよく食ってんだなとか、こいつの腸の中にはすげえ大量の食い物が入ってるぞと冗談を言った。それからぼくを縫い合わせた。しかしいい加減なやり方をしたので、皮膚と血がいたるところにこびりついていた」

フセインは、二日間も胃を開きっぱなしにされてから、傷を縫合された、と話した。

その翌日、拷問にかける者たちは――医学的知識を持っていたに違いない――フセインの肺に穴を開けた。長いビニールのチューブを手にし、フセインの乳首の下から背中の中央まで届く穴を空けた。その中に、小さなビニールの吸引チューブと彼が言うものを挿入した。

「肺から空気が出ていくのがわかった」と静かにフセインは言った。「右肺がそれでだめになった。息ができなかった」(4)

しかし彼が味わった苦しい拷問の中でも、いちばん苦痛だったのは精神的な拷問だった、という。自分は公平に扱われていない、自分がしなかったことで罰せられている、という感覚だった。フセインは人権法を専攻する学生だった。そして自分がすっかり裏切られたような気がした、と言った。

「だれに？」とわたしは尋ねた。

シリアに、シリア人に、政府に、同胞に、二〇一一年三月に民主主義を求める平和的な抗議として始まったのに、そこに暴力をもたらした者たちに。

「ぼくたちは自分の国を壊してしまった」と彼は言った。

拷問にかけられている日々のあいだ、フセインはたびたび、ときには五時間も逆さに吊り下げられていた。彼が救出された話はあまりにも現実離れしているので信じられないくらいだが、わたしがレバノン北部の病室で、生き延びてひどい怪我を治療中だった彼に会ったのは、この出来事から数カ月後のことだった。

フセインは拷問の日々のことを思い出そうとしてくれた。自分は、「そこを通る者たちのほとんど全員が気晴らしをするためのサンドバッグとして使われていた」。五日目になって、静かになると、ひとりの医師が突然フセインの前に跪《ひざまず》いた。

「私はアサド政権を支持している体制側の医師だ」と落ち着いた声で医師は言った。「私の仕事は、おまえが生きていて、さらなる拷問に耐えられるかどうか確認することだ。しかし、もうこれ以上見ていられない」。その医師はフセインの手首に触れて、脈を診た。

「おまえの心臓はこれまでに二回止まった。一回目は十秒、二回目は十五秒」医師は身を乗り出してノートを開いた。フセインの目を見ようとしなかった。

「おまえのファイルを閉じて、二度目の蘇生について書こうとしたが、できなかった。いま私が言ったことがわかるか？　おまえは死んだんだ」

彼はもう一度ゆっくり言った。「いま私が言ったことがわかるか？　おまえは死んでいるん

(4)わたしはフセインの話を隅から隅まで信じている。しかし、ジャーナリストとして、客観的である必要性から、あらゆる角度からこの話を検証したかった。現在はアメリカ合衆国で暮らしているシリア人の外科医（ダマスカス出身のキリスト教徒）にこの部分の文章を読んでもらった。彼は読んでから、この部分の医学的信憑性に疑問を抱いた。フセインを治療するために麻酔薬なしで（戦時中であれば薬剤不足であったはずだからいたし方なかったのだろう）あえてこうした処置をしたのかもしれない、と。この医師は、右で詳述した内容については、「技術的に不可能」であるとし、それ以外の拷問の方法はよく描かれているし、正確に詳述されていると言った。しかしこの医師は、長らくシリアに帰っておらず、アサド政権の下でおこなわれている拷問に関して詳しくなかった。この記事は人権監視団の調査員にもチェックしてもらった。その人はシリア国内で働いていた。そして残念なことに、ここに描かれた拷問の話はすべて信頼できる、と言った。

だ。この記録によれば、おまえは死んでいる」

その医師は歩きながら言った。「アラーがおまえを生かすつもりなら、おまえはここから出ていく方法を見出すはずだ」。その医師は長いあいだフセインの体を見ていたが、ようやく目を合わせると、部屋から出ていった。

フセインが医師の言葉の意味を完全に理解するまでしばらく時間がかかった。医師はフセインのロープを外すように命じていたので、フセインはだれかの手で引き上げられ、死体置き場に戻された。

死体置き場に戻されはしたが、あまりの痛みに、耳の中に響く脈の音以外、何も感じられない一時間が過ぎたころに、ひとりの看護婦がその部屋に入ってきた。

彼女は身を屈めてフセインに、この部屋でまだ息のある男がいたらだれでもいいから運び出してくれ、金は払う、と自由シリア軍に頼まれた、と言った。彼女はさらに、これから説明することを慎重に実行するように、と言った。これからシリア政府軍の軍服を渡すから、その番号を覚えなければならない。それでその番号を彼に二度暗誦させた。

「いいこと？　もし生きて出たいのなら、これからわたしが言うとおりにするのよ」と看護婦は言った。

フセインはもうこれ以上耐えられないと呟いた。すると彼女は、彼のシャツをたくしあげ、鎮痛剤を注射した。それから彼女は死体の山の上から優しくフセインの体を起こし、軍服を着る彼に手を貸した。

「急いで」と彼女は言った。

片腕を看護婦の肩にまわして支えてもらいながら、フセインと看護婦は軍病院の中庭を歩いていった。ほんの数メートルを進むのに二十分かかった。フセインは後に、暗闇から出ていくのに数日もかかったような気がした、と言った。守衛が標識番号を彼に尋ねた。看護婦が見守る中、フセインは看護婦に暗誦させられた番号を告げた。

門の向こう側に車が待っていた。それに乗り込んだ。自由シリア軍が用意した車だった。ドアを開けた看護婦は彼をその中に押し込むと、後ろを振り返らずに戻っていった。それ以来、彼女の姿を見たことはないそうだ。

「だれもが、自分の行動を咎められて投獄されることになるのだろうか。罰を受けることになるのだろうか」と彼は言った。

それについて考えてみた。ボスニアやシエラ・レオネの戦争犯罪人に思いをめぐらした。

わたしは彼に「わからない」と言った。

第五章　ダーライヤー　二〇一二年八月二十五日　土曜日

この三日間、ひとりの修理工が家族を探していた。破壊された建物をしらみつぶしに調べ、あらゆる瓦礫の下を覗いた。埋もれてしまった人が助けを求める声が聞こえてこないか耳を澄ました。どんな音も聞き逃すまいとした。彼は、父親の声を聞き取ろうとしていた。

戦争が始まる前、彼は車の修理を仕事にしていた。いま、右目の視力を失っている。ダーライヤーの戦闘のときに、爆弾の破片が目に突き刺さったのである。それがヘリコプターから落とされた爆弾なのか、手榴弾なのかわからない。片目を失った彼は、幽霊のように瓦礫の中をさまよい歩いた。

「父さん！」彼は叫び続けた。声が嗄《か》れるまで。

夜も探した。崩れ果てた通りを歩き回るには危険過ぎる夜でも。ダーライヤーに残っている人はたいしていなかった。その残っている人たちを怖れていた。

探し始めて三日目に、町から外に延びる道にある農場で父親の死体を見つけた。その道を選んだのは偶然に過ぎなかった。このあたりを探しても無駄かもしれないと思い始めたときだった。父親は農家の台所に横たわっていた。ほかに三人の死体があり、どれも腐り始めていた。

三人は十六歳から二十歳くらいの少年だった。彼は四人の目を閉ざしてから、遺体を町に運ぶための車を探しに戻った。

その話をわたしにしてくれたとき、彼は悲しみに打ちひしがれていた。

「どうして奴らは老人を殺すんでしょう」彼は身をふたつに折って泣きながらわたしにそう言った。「老人なんですよ。もう戦えないのに」

死んだ老人の息子は煙草に火を付けた。言葉を探しながら慎重に言った。「ここはぼくのシリアじゃない。この国で起きている悲しみを見るたびに思う、ここはぼくのシリアではない、と」


わたしが後に会った人々が、その年のいちばん暑い日にダーライヤーのスンニ派の気の毒な村で起きた殺戮について語ってくれた。「マシンガンを搭載したヘリコプターから激しい攻撃を受けた」「メッゼの近くにある政府軍の空港から迫撃砲が飛んできた」「町の北側のビルにスナイパーがいた」

その人たちは、家から家へと移動していく兵士たちについても話した。密告者が、反政府側の活動家の住む家を指さしていた。通りに横たえられた死体のことも話した。活動家たちは地下に隠れたが、たちまち見つかって通りに並ばされ、すぐに殺されたという。イギリス外務省の中東担当であるアリスティア・バートは、この殺戮を「国際社会が厳しく糾弾しなければならない、類を見ない規模の残虐行為」と言った。

ダマスカスから七キロ南にあるダーライヤーは、かつて手作りの木製家具で有名な村だった。聖パウロの伝説がここにもある。ダーライヤーは、サウルが神を見て信徒になったとされる場所だ。神を見た男は、ダーライヤーからダマスカスに向かって歩き始める。

しかし、女性と子供を含む三百人以上の人々が殺された二〇一二年八月には、奇跡的な覚醒など何もない。この町はすっかり「掃討された」のだ。

わたしがその村に入ったのは、虐殺が起きてから数日後のことだった。この村に住むスンニ派のマリアムに車を運転してもらったので、無精髭を生やしカラシニコフを手にしている若い兵士たちが守る政府軍の検問所を、簡単に通過することができた。わたしはマリアムと同じように白いヘッドスカーフを被り、サングラスをしていた。顔はほとんど見えていなかった。兵士はわたしたちを地元の女性と思ったのだろう、気軽に車を通してくれた。最後の検問所に来たとき、マリアムはダーライヤーのいちばん有名な英雄のひとりについて話してくれた。ガイス・マタルという二十六歳の若者だ。

マタルは反政府側についてはいたが、「平和を望んでいる」だけだった、とマリアムは言った。マタルはデモの最中に、政府軍の兵士たちにダマスカス・ローズ・ウォーターの入ったボトルを手渡した。「デモ集団に銃弾が浴びせられる前のことよ」とマリアムは言った。

マタルは、ダーライヤーの虐殺が起こる一年前の二〇一一年九月に殺された。二十歳の身重《みおも》の妻が残された。殺される前にひどい拷問を受け、喉を掻き切られたという噂だった。

ダーライヤーの虐殺はシリアの内戦が始まってから一年半後のことだ。死者の数が人々の言うほど多いのなら、そして市民たちが地下や避難所で本当に殺されて、アブ・スレイマン・アル＝ダラニ・モスクの庭に横たえられたり、町の中央の墓地に捨てられたりしたのなら、この町での虐殺がシリア内戦中最大規模の残虐行為になる。


マリアムの一家はダーライヤーに住んでいるが、虐殺があった八月二十三日から二十五日にかけては海辺近くの別荘に行っていた。「ママがものすごくいいタイミングで海を見に行きたいと言ったおかげよ」と彼女は言いながら、破壊された地区に入っていった。爆破されたトレイラーや青果店、最上階が吹き飛ばされている何棟もの建物、片付けられないまま道路脇に積み重ねられたごみの山。そして家の中からは、紛れもない腐敗した死体のにおいが漂っていた。

平静を装ってはいたが、マリアムは大きな衝撃を受けていた。政府側を支持するか、反政府側を支持するか決めかねていた。それで何が起きたのかを自分の目で確かめたいと思ったのだ。「わたしは偏見を持たない主義よ」と彼女は言った。三カ月前にホウラの大虐殺(5)が起きたときもマリアムは、何百人も死んだという報告なんて信じられない、と断固とした口調で言った。

そしていま、ダーライヤーでは五百人もの市民が殺されたと報じられていた。ダーライヤーは彼女の一家が長年住んでいたアパートメントがある町、松材の椅子やチェストを買った町だ。ここの木工の素晴らしい技術を「それはもう想像を絶するほど見事な技術なの」と言っていた。

車で移動しながらマリアムは、壊されてなくなった場所にかつてあったものを教えてくれた。「ほら、あそこはお医者さんの家だった……学校があったところ……ああ、あそこで伯母さんが店を開いていたのよ」。戦争で灰色に変わった風景の中では、ダーライヤーのかつての姿やここで実際に起きたことを想像することはできなかった。

わたしにとってこの町は、海から爆弾が降り注いだあと、全戸捜査作戦を実行したように見えた。車から降りると、人々がわたしたちのまわりに集まってきた。自分たちの話をだれかに聞いてもらいたかったのだ。彼らは叫んでいた。見たことを伝えようとした。男性と少年たちが至近距離から撃たれて殺された、と数人が言った。ナイフで殺されたと訴える人もいた。

「問題は、いまは食料も水も電気もないってことだ」と、ある家族の父親Jは言った。

Jはふたりの子供を外で遊ばせていて、子供たちは瓦礫の山を上ったり下りたりしながら、瓦礫を橋代わりにしたり小さな家を建てる真似をしたりしていた。

　Jがわたしに、一番下の娘のところに行って話をしてほしいと言った。「何もすることがないし、遊ぶ相手がだれもいないの」と六歳の娘ラウダは言った。「爆撃が始まったら、お友だちが出ていっちゃった。わたしはお母さんのそばにいて、お母さんを抱きしめてた。でも、うちの家族はここから出ていかないってお母さんは言ってる」

(5)二〇一二年八月にホウラにおける初期の虐殺について調べた国連の報告には、一般市民に対する無差別の攻撃と残虐行為は、「国策」であり、アサド政府軍とシャッビーハの民兵は「国際人権法に対する大きな侵害」の最高レベルだとある。

　国連調査は、反政府軍も同じように「殺人、適正な手続きを経ない処刑、拷問」を含む戦争犯罪に関与しているが、こちらの行為は「政府軍とシャッビーハの民兵による残虐行為の危険性、頻度、規模の大きさには及ぶべくもない」と報告している。

　百二ページに及ぶ報告書によると、政府軍とシャッビーハの兵士たちはシリア国内で二〇一二年五月にホウラ近辺でおこなった殺人、拷問、市民百人の虐殺（その半数が子供だった）を含む夥しい戦争犯罪を犯している。国連人権理事会の独立国際調査委員会は、「こうした違反は『国策』の結果である」と述べている。バッシャール・アル＝アサド大統領の指揮下にある治安部隊と政府軍は、「国際人権の夥しい侵害」をおこなっているとも報告している。この侵害には、「非合法の殺人、市民に対する無差別攻撃、性暴力行為」が含まれる。この報告書は、シリアで起きている暗黒の絵を描き出していて、二月からこの国の状態が著しく悪化してきたことを物語っている。

　パウロ・ピンヘイロ率いる同委員会はさらに、シリアの反乱軍が殺人、拷問、裁判外の殺人を含む人権侵害の罪を犯していると報告した。しかし、反政府勢力による虐待は、「シリア政府軍とシャッビーハの民兵が関与している虐待の「危険性、頻度、規模」と同じではない。

アサド政権は国際的に糾弾されていた最中でもその後でも、ダーライヤーで殺戮などなかった、「囚人の交換」がうまくいかなかったのだ、と主張した。この地域を長年取材してきたイギリスの記者ロバート・フィスクは、シリア軍部隊とともにこの町に入った。フィスクは二〇一二年八月二十九日の「インディペンデント」紙にこう書いている。

しかし、われわれが会った人々は——その中のふたりは四日前のダーライヤーの非道な行為によって愛する人を亡くしていた——世界に流布している話とはまったく違う話をした。彼らの話は、バッシャール・アル＝アサドの政権がダーライヤーを襲撃して反対勢力からその地の支配を奪還する前に、自由シリア軍によって人質の捕獲がされ、武装した反乱軍と政府軍とのあいだで囚人交換の交渉がされたという話だった。

公的には、不倶戴天の敵のあいだで交わされた言葉はなにひとつ発表されていない。しかしシリアの軍人はインディペンデント紙に、町を実行支配している者と和解するためにあらゆる可能性を考えてきたと語った。ところがその一方で、ダーライヤーの住民たちから聞いた話では、町の住人と非番の兵士たち（これは明らかに、政府軍と繋がりがある家族だということで反乱軍が誘拐した人たちだ）を、軍が収容する囚人と交換する段取りを付けるために双方から話がもちあがっていた、という。その交渉が決裂したので、政府軍はダマスカスの中心部からほんの十キロほど離れたダーライヤーに侵攻した。

フィスクは、シリア軍が町に侵攻する前に、通りには住民の死体があったと主張するふたりに話を聞いている。

ひとりの女性は――リーナという仮名にする――少なくとも十人の男性の死体が、家の近くの道路に横たわっていたと言った。「わたしたちはそこを車で通り過ぎるよりほかなかった。わざわざ停まる勇気がなかったんです。通りに横たわっている死体を見ているだけでした」。リーナは、政府軍はダーライヤーにはまだ入ってきていなかった、と言った。

もうひとりの男性は、墓場にある死者を見はしなかったが、殺された人の大半が、政府軍と関わりのある人物で、非番の徴集兵も含まれていたと言っている。「そのひとりは郵便配達人でした。彼が殺されたのは、政府側の役人だったからですよ」と男性は言った。

そしてフィスクはこう結論づけている。「もし彼らの話が本当だとすれば、武装した男たちというのは……政府軍の兵士というよりも、武装した反乱軍の兵士である」(6)と。

しかし、公平を期すために言えば、フィスクは政府軍と行動を共にしていたわけで、彼が話を聞いたふたりの人物は、彼のそばにいる兵士たちが聞きたいと思うことを話したのかもしれない（あるいは怯えていたのかもしれない）。わたしが会った人々から聞いた話では、政府軍の戦車は町の中心まで侵攻しながら、目に入るあらゆるものを破壊し、街灯や家や墓地の壁まで粉々にしたという。それから虐殺が始まった、と。

粉々になっていない窓はひとつもなかった。建物の中央がアコーディオンのように押し潰されていた。ひとりで自転車に乗っている人に会った。後ろの荷台には缶詰の入った段ボール箱が紐でくくりつけられていた。自分の家を探そうとしているところだ、と彼は言った。

別の建物の中に、虐殺を逃れて隠れていた男性ラシッドを見つけた。牢獄に六カ月間入れられ、解放されたばかりだった。

二〇一一年十二月、ラシッドは自由シリア軍のメンバーではないと言ったにもかかわらず逮捕された。

「政府軍は俺のことを、ストライキを組織した奴だと言った」とラシッドは話した。

彼は、メッゼの近くにあるジャウィヤ空軍収容所に連れていかれ、裸にされ、凍るような寒さの中、外で立たされ水をかけられた。棍棒と拳で殴られた。

「そこに五時間くらいいたよ。両手を後ろに縛られて、凍えながら、彼らにずっと、ストライキを組織したか、と質問されてたんだ」

両手を後ろに縛られたまま吊り下げられたので、肩の関節が抜けてしまった。彼は埃だらけのサンダルを脱いで足の裏を見せた。鞭で打たれた赤々とした傷があった。「感電させるのがいちばん簡単な拷問なんだ」

夜には幅四メートル奥行き五メートルの狭い部屋に百五十人の男たちといっしょに収容されたという。全員が立ち通しで、たったひとつの空間を作って、そこに順番に横たわった。そんな監獄に半年もいたのだ。

「問題は、彼らが収容者のことを忘れていることなんだ」と彼は言った。「ある日、彼らがやってきてこう言うんだ。出ろ、間違いだった、出ていいぞ、って」。人権団体の資料によれば、三万八千人のシリア人がいまも拘留中で、その家族は、身内がどこにいるのか、どうして連れていかれたのか、まったく知らされないままだ。

ラシッドはダーライヤーの攻撃のことを語った。その攻撃が起きたのは先週の土曜日で、イード・ホリデー〔訳註　一カ月の断食《ラマダーン》の後に定められている宗教的な祝日で、数日続く〕の四日目のことだった。

「午前七時半に砲撃が始まった。ロケット砲の音ほど怖いものはないよ」と彼は言った。

(6)ロバート・フィスク「ダーライヤーの内側――失敗した囚人交換がどうして虐殺になったのか」英「インディペンデント」紙、二〇一二年八月二十九日付。

日曜日になるとさらに激しい砲撃と銃撃が続いた。そして月曜日になってようやく、「軍隊がやってきた」。大半の人々は地下室に隠れていた。数人が引き出されて処刑された。目撃者によれば、そのほかの人たちはマシンガンで一斉射撃されて殺された。

「アウヒニ（アラビア語。密告者のこと）がいたんだ。そいつが反政府側の人間のいる家を一軒一軒教えていた。兵士たちは女性たちは逃がしたが、男たちはひとりひとり銃で撃った。地下室に入っていって、老人と子供を殺したこともあった。子供が男の子だったからだ」

もうひとりの女性ウム・フセインは犠牲者のために食事を作り、モスクに料理を運んでいた。砲撃が続いているあいだ、彼女は娘と二十歳の息子といっしょに早足で歩いていた。そのときトラックが一台通り過ぎ、兵士がこう叫んだ。「われらの命、われらの血とともにアサドのために戦う！」

ウム・フセインと子供たちはそのときはその意味がわからなかった。三人は立ち止まった。彼女と娘は危害を加えられなかったが、息子は撃たれた。その体は町の外に運ばれていった、と彼女は言う。犠牲者は第二の墓〔訳註　体制側が死者の数をごまかすために作る〕に移されているという噂だ。一九九五年のボスニアのスレブレニツァで起きた虐殺でも同じことがおこなわれた。

しかし、わたしの会った人たちは、政府軍兵士たちは犠牲者に食事を与え、負傷者に治療をおこなっていたと言っている。「彼らは俺たちにパンをくれました」とある男性が言う。「彼ら全員が怪物ってわけじゃないんですよ」

混乱状態が去っても、死者と生者の数は、だれにもわからなかった。「人権侵害証拠収集センター」は、死者およそ三百八十人という数字をあげている。シリアの反乱軍は数千人という数字をあげている。

町の中央にある墓地で、掘り返したばかりの土山の様子から判断すると、少なくとも数百人は埋められているようだった。ある女性はここに毎日やってきては、墓地の表に張り出される名簿を確認していた。彼女は行方不明の息子たちを探していた。「わたしたちはいまも、あちこちの家の中や廃墟を探しまわり、息子たちを見つけ出そうとしています」。そして彼女は、みんなは墓掘人がやってくる時間を待っている、と言った。新しい死体を検分できるからだ。

しばらくしてマリアムとわたしは、墓掘人を探しに行った。もしかしたら、より正確な死者の数を教えてくれるかもしれないと思ったからだ。黒山の人だかりがしていた。打ちひしがれた家族が貼り付けられた名簿を読んでいた。行方不明者名簿だ。彼らは場所を空けてわたしたちにその名簿を見せてくれた。

そのときに、本章の冒頭で述べた修理工と出会った。そこで、彼は名簿を見ながらこう言った。「シリア人が同じシリア人にこんなことができるはずがない」と。

多くの死体は、ヒューマン・ライツ・ウォッチが戦闘の衛星写真を手に入れた五日目に発見された。これは重要なことだが、殺人が政府軍によっておこなわれたのか、ダーライヤーが砲撃されヘリコプターから爆弾を落とされたあとにシャッビーハ軍が暗殺団を派遣しておこなったのか、ヒューマン・ライツ・ウォッチにもわかっていなかった。「だれがこのひどい虐殺、この処刑をしたのか、われわれにはわかっていない。軍人たちか、シャッビーハか」。戦闘の数週間後、ヒューマン・ライツ・ウォッチのオール・ソルヴァングがわたしに語った。「いまも住民に話を聞いているところですよ」

「だれがやったにしろ」マリアムが厳しい口調で言った。「やった者たちは、ダーライヤーに教訓を与えようとしたのよ」

どうして？　どうして町に教訓を与えるの？　やった者たちの正体は？　後になってシリア人のジャーナリストがわたしに話してくれた。イラン人の民兵がシリア軍とともに働いている、と(7)。

長いあいだダーライヤーには、反乱軍の砦と自由シリア軍の基地があると考えられてきた。事実、三千人の自由シリア軍の兵士たちはダーライヤーに要塞を作った。メッゼの軍基地の外れにあるこの町は、戦略的に有効な場所だった。メッゼは反政府勢力の地域に空爆をおこなう目的で使用されていた。反乱軍と地元の住民たちは双方とも、政府軍がダーライヤーの基地に向けて迫撃弾とロケット弾を撃ち込んだと報告した。政府軍の攻撃が始まる数日前に、反乱軍は、町の外にある軍の検問所を攻撃して三十人を殺したと主張した(8)。

しかし、自由シリア軍はその二日前にはすでに、町を攻撃から守るために維持していた陣地から撤退していたという報告もある。

虐殺が起こる少し前の忌まわしい一週間のうちに、政府軍によって処刑されたと思われる人々の死体が多く発見されていた。初めに発見された場所はドウマなどダマスカス郊外の町だった。ドウマの北東部で、政府軍によって処刑されたとみられる十六人の男の死体が発見された。

そのすぐあとで、きわめて品のない行為だが、アサド政権側のテレビ・ジャーナリスト、ミシュラン・アザズはダーライヤーに入り、十四分間カメラを回し続けた。そして医療の処置を必要としているさまざまな被害者から聞き取り取材したのである。救急車で運ばれていく前に、彼女は被害者に質問した。被害者が激痛とショックで苦しんでいるときに、こんなことをしたのが「テロリスト」かどうかを知ろうとしたのだ。

シリアのチャンネル・アドウニアの所属であるアザズが、クラシック音楽をバックに、被害者に聞き取りをしているところが映っている。カメラマンは初め、地面や車の中で横たわって

(7)情報源はシリア人ジャーナリスト（匿名を望んでいる）。
(8)ヒュー・マクロード「シリアの内側――ダーライヤー猛攻撃のために、アサド政権は自分たちのカメラを持ち込む」「グローバル・ポスト」誌、二〇一二年八月二十六日付。

いる数人の死体をクローズアップで映した。

「いつものように、わたしたちがここに到着する時間までに」アザズは息を切らしながら言っている。「テロリストたちはすでに自分たちのやりたいことをやっていました。犯罪行為、殺害……などを自由の名のもとにおこなったのです」

それからアザズは、救急車を待っている様子の痛みに苦しんでいるらしい年配の女性に近づいていく。完璧に美しいマニキュアの施された手で握ったマイクを突き出し、これはだれのせいなのかと強い口調で訊いている。

そして五歳くらいの幼い子供を見つける。車の中にいるその子の横には、生命のない体がある。

「その人はだれ？」とアザズはその子に尋ねる。

「お母さん」とその女の子は答える。

ダーライヤーに住むリームという女性が、アザズが放送をしているときにその場にいたという。「恐ろしかった」とリームは言った。「アザズは禿鷹よ。重傷を負った人たちから話を聞こうと、まるで海に浮かんでるみたいに人々の中をすいすい動いてたわ。目の前に広がっているのが地獄の風景ではないかのように意気揚々と」

何週間も、非難合戦が続いた。アサド政権側は自由シリア軍と「テロリスト」を非難し、わたしが取材した目撃者たちは政権側を非難していた。

わたしがダーライヤーを去った翌日――政府軍の兵士たちが、わたしが住民と話をしているのを見て、かなり珍しいことに、静かな声で、すぐに町を出れば逮捕しないと言った――わたしは政府の役人に会いに行った。

　アビール・アル＝アフマドは情報省海外メディア担当で(9)、自分のオフィスでコーヒーを飲んでいた。彼女の前には蓋が開いたビスケットの箱があった。彼女は見るからに激怒していた。わたしが告げなくとも、彼女はわたしがダーライヤーにいたことを知っていた。シリアでは秘密警察に知られずに何かをすることはできないのである。

「あれはテロリストの囚人交換の失敗によるものだったんですよ」彼女は言った。「あの町はこれまでもテロリストのアジトだったんです。つまり、反乱軍の地域を排除するために南部郊外でおこなった大がかりな軍事行動の一端です」

　その数日後、彼女はわたしに大統領自身が書いた声明文があると警告した。「シリアの国民はこの陰謀が目的を達することを決して許さないだろう」とアサドは述べていた。「いま起きていることは、シリアに対してだけではなく、アラブ世界に向けてのものだ。シリアは重要な拠点であるが故に、外国勢力は自分たちの陰謀をアラブ世界全体で成功させようとして、シリアを標的にしているのだ」

「それであなたは、ダーライヤーの事件は外国の軍隊のせいだと非難しているわけですか」と

(9)アビール・アル＝アフマド　https://wikileaks.org/plusd/cables/08DAMASCUS445_a.html

わたしは彼女に訊いた。

「そのような組織ですよ」そう言って、この面談が終わったという合図をした。

正式なシリアのニュース通信社「シリア・アラブ・ニュース・エージェンシー」（SANA）は、「われらの英雄的な軍隊が、ダーライヤーの息子たちに残忍な行為をしていたテロリストの武装集団の残党からこの町を救出した」と報じた。自分たちのおこなった虐殺を「テロリスト」のせいにして糾弾したのである。

わたしが話をしたシリア人ジャーナリストが覚えていたのは次のようなことだった。

> シリア人兵士に賄賂を送って、自分の家族が虐殺されているときに逃げのびた少女の話があった。その少女は兵士に、「五百シリアポンドを持っている、それを渡すから殺さないで」と言ったのだ。
>
> 兵士はその金を受け取り、彼女を殺さなかった。別の幼い女の子が、自分の家族全員が殺されそうになったときに、兵士のひとりにこう頼んだ。貯金を持っているからそれを全部あげる、と。少女は頼み込んだ。それで十一カ月の弟は殺されなかった。兵士たちは（略）撃ったが、少女とその弟は生き延びた(10)。

その記事を最後にわたしとともにチェックしたヒューマン・ライツ・ウォッチは、自由シリア軍が残虐行為をしたことを示すものは何もない、と言った。「人を殺したのは、政権側か、政権支持の民兵かのどちらかですよ」調査員は言った。

しかし、わたしはあの日々で目にしたことを忘れてはいない。

ダーライヤーを出て、検問所を通り過ぎるときに、マリアムが突然叫んだのだ。「見て！モスクが壊されてる！」それから彼女は押し黙り、考え込み、真面目な顔つきになった。それから、その夜遅くわたしのホテルに着くまで、彼女は一言も喋らなかった。わたしが車を降りる段になって、彼女はこう言った。「フランスが占領していたときでも、モスクを破壊することはなかった。人々がそこに避難していたからよ」彼女は不安になって声を強めた。「これは神に対する犯罪……それに、アラウィー派だってスンニ派と同じように神を信じているのに」。わたしを振り返った彼女は、いまにも泣き出しそうだった。そしてだいぶ後になってこう言った。「人々が殺し合っているのだとはっきりとわかったのは、あの瞬間だった」

「どうして？」

マリアムは肩をすくめた。「理由はないわ。答えられない」

政府側はこう言い、反政府側はああ言う。町も政府側についたり反政府側についたりした。政府軍は二〇一二年八月から、ダーライヤーで戦いが勃発する十一月まで町を制圧していた。

(10)この文章は、(7)で言及した匿名を希望するジャーナリストの言葉。

最初は反乱軍が押し返したが、十二月二十日の「アル・ワタン」紙（これは政府寄りの新聞だ）によれば、包囲攻撃から三十日後に、反乱軍が支配していた最後の地域を制圧したという。「アル・ワタン」によれば、反乱軍の兵士の大半は外国人で、聖戦の戦士がシリアを支配するという物語に夢中になっているとのこと。その翌日、政府軍は町に総攻撃を仕掛けたが、反乱軍によれば、政府軍はダーライヤーからの猛烈な反撃に遭った。政府軍はそれでも支配を失わなかった。ＡＦＰの報告では、八月にアサドは政府軍の支配下にある「反乱軍のかつての拠点」を訪れた。これは、二〇一二年三月以来初めてのアサドの遠出として知られている。

二〇一三年十二月までに、政府軍は樽爆弾でダーライヤーを攻撃し続けた。二〇一四年一月二十五日から三十日まで、国連の代表がジュネーブ会議の「話し合い」のためにスイスで政府軍と反乱軍の代表と会っているあいだも、アサド政権はダーライヤーへの爆弾攻撃を無慈悲に続けていた(11)。

ジュネーブ会議の際に、各国のメディアがシリアの外務大臣ワリド・ムアレムに、アサド政権が樽爆弾を使用している理由を尋ねた。すると彼はこう答えた。「それについてはこう申し上げますよ。あなたがたはわれわれに、ＳＭＳでメッセージを送ることで国民を守ってほしいんですか？」

地元のカメラマンが撮影した註の(11)のリンク先のフィルムは、こんな言葉とともに始まる。

「はるか昔の数日前、はるか遠くのシリアの国で」

二〇一四年四月に政府は、ダーライヤーは外国人から成る反乱軍による攻防がいまだに続いていると述べている。爆撃から立ちのぼる灰色の煙の雲が、ハイウェイからよく見える。煙が晴れると、そこには何も残っていない。建物の、人々の、町を成していたものの残骸があるだけだ。

マリアムは二度と戻ってこなかった。

わたしのヴィザは、ダーライヤーに「不法に」入った数カ月後に失効した。二〇一五年三月の時点で、シリアに「法に従って」入ろうとするためにわたしが政府側に出したヴィザ要請は、アサド政権側による沈黙と、脅迫と、弁解しか引き出せていない。わたしのためにわざわざ情報省に行ってくれたシリアの友人は、こう言われた。「もしその友人をシリアの監獄に投げ入れられたくなければ、こう伝えるんだな。二度とシリアに来るな、と」

(11)次のリンク先で、ダーライヤーの樽爆弾攻撃のビデオが見られるが、不穏な内容なので、ご注意ください。http://www.telegraph.co.uk/news/worldnews/middleeast/syria/10618670/Syrian-military-drop-devastating -barrel-bombs-on-city.html

第六章　ザバダニ　二〇一二年九月八日　土曜日

二〇一二年の秋までには、ダーライヤーの戦いに続いてシリア内で勃発していた小競り合いが、本格的な戦闘になっていた。数週間前にはダマスカスの上流階級のあいだにあった政府への盲信、騒がしいパーティ、無関心なお喋り、魅惑的なオペラの宵はさっぱり姿を消した。あの陽気な状態は影も形もなかった。アサドの側近四人が暗殺された。おそらく政府内に入り込んでいた自由シリア軍のメンバーの助けを借りたのだろう。人々はダマスカス陥落のことを話していた。シリアのほかの地域――イドリブやアレッポ、そして首都からたいして離れていない郊外の町――でも激しい戦いが繰り広げられていた。もしダマスカスが陥落すれば、この国は崩壊する。

友人を介して知り合ったシリア人記者が家に招待してくれた。でも、明るいうちは決して来ないで、とメールで連絡があった。人に見られないように、エレベーターではなく階段を使って上ってください、と。

彼女の家に到着すると、その人の顔は心配のあまりどす黒くなっていた。彼女のことをレンダと便宜上呼ぶことにするが、レンダは一九九〇年代に名を馳せた記者だった。有名なコメンテーターであり、「アサド支持だけれどリベラル」と思われていた。「自分の考えていることを口にすると、歯に衣着せぬものになるの」と言っていた。レンダは初めは、アサドを強力に支持し、反リベラルの立場だった。ところがいまは、はっきりわからないようだった。わたしに会って、ホムスに連れていってくれるかどうか確かめたかったのだ。そうすれば破壊されたホムスを自分の目で確かめられる。

レンダは狭くて現代的なアパートメントの部屋にわたしを急いで招き入れると、ドアに鍵をかけた。「あなたがいるのを近所の人に見られたくないの」と彼女は言った。「この数日ずっと、脅迫するようなメールが送られてくる。わたしが受話器を取ると切れてしまう電話がしょっちゅうかかってくる」彼女は肩をすくめた。「秘密警察《ムクハバラット》よ。彼らはいったい何をしようとしているの？　わたしを怖がらせたいだけ？」

わたしたちは腰を下ろして緑茶を飲んだ。彼女はこの二週間ずっと、自分の世界がコントロール不能になってくるくる回っている感じがしている、本物の戦争がシリアにやってきた、反体制派の人々を誤解していたように思う、と言った。ホムスやアレッポで起きていることに疑問を持つようになった。ダーライヤーのときですら、まったく信じなかったのに……でも……。

「いまになって？　今頃になってそんなことわかったの？」とわたしは訊いた。

レンダは頷いた。膝の上で両手を握りしめた。「だって、仕方がないじゃない。自分の国が戦争状態になるのを見たい人がいる？　できればそんなの見たくない。そんなことは考えずにいたいわよ。信じたくないの」。でも、首都だけでも二千人の人々が逃げた。トルコ、ヨルダン、レバノンの国境に難民が押し寄せている。冬になったら無残な状態になるだろう。「もしシリア人がレバノンに難民として行っても、レバノンは難民を絶対に迎え入れない」彼女はさらに言った。「パレスチナ人がレバノンでどうなったか、わかってるでしょう」

彼女には知りようがなかったが、その後の二年間で、四百万人以上のシリア人が難民となって国境を越えていき、ヨルダンやイラク、レバノン、エジプトに逃れていくことになる。もっと運のいい人たちは――あるいは、二〇一五年の夏に難民問題が実証したとおり、それほど運はよくなかったかもしれない――密航業者の協力を得てボートで、あるいは徒歩で、ヨーロッパに向かった。二〇一五年には、九百万人のシリア人が国を捨てることになる。二〇一三年の夏の終わりには、レンダもアパートメントを引き払い、数個のスーツケースを携えて陸路ベイルートに行き、そこで数週間過ごすつもりでいた。だがその滞在は数カ月となり、そして――時間が過ぎていくのに気づかないまま――何年にもわたるかもしれないと彼女は思っていた。

ある朝、マリアムとわたしはホムスにいるマリアムの親類の家に行く許可を取った。ホムスは政府軍が占領した地域と反乱軍が占領した地域に分断されていた。マリアムの一族はスンニ派だが、少なくとも地理の上では政府軍側にあった。信条は違っているにせよ。マリアムの母親のローザもいっしょに来て、助手席に座っていた。わたしはマリアムとお母さんと同じ白いヘッドスカーフを被り、大きな黒いサングラスをかけた。ローザはわたしに向かって、シリア人そっくり、と言った。どの検問所でも、シリア政府の兵士たちは、わざわざ後部座席を見てわたしが外国人かどうか調べることはしなかった。

「どうぞ通っていいよ、ばあさん」と兵士たちはローザに言い、通してくれた。ローザは、数人の兵士を厳しく叱りつけた（「あなたのお母さんは、その無礼な態度を見たらなんと言うでしょうね」と）。そしてホムスに入ってからある検問所で数時間も待たされると、彼女は兵士たちに対し「年長者に対する敬意のなさ」を責め始めた。

「俺が好き好んでここにいると本当に思ってますか？」疑い深そうな口調で兵士はローザに言った。「好き好んで兵士になったと思いますか？」彼らはわたしたちに、スンニ派から没収し、いまでは自分たちが住んでいる家の中を見せてくれた。少ない数の寝室には汚れたシーツが敷かれ、泥だらけのブーツをはいた兵士たちがぐったりと寄りかかり、そばにはやかんがあった。司令部に通じている電話線はなかった。彼らはわたしたちにここにいてもらいたがった。そしてローザを相手に家族のことや休暇のこと、子供や学校のことなどを何時間にもわたって話した。

ようやく、わたしたちは解放された。「あの人たち、悪い子じゃないわ」とローザは言った。ローザ自身はダマスカスの成功した裕福なビジネスマンの妻だ。「ちょっと育ちが悪いけど、悪い子たちじゃないわ。田舎者だけれど、それはあの子たちのせいじゃないし」

大勢の伯母とひとりの伯父がいるマリアムの家族は、たくさんの料理が並ぶ素晴らしい昼食を用意してくれた。あまりにも贅沢なので、わたしは戸惑った。彼らが食料を手に入れるのに苦労しているのを知っていたからだ。「何も言わずに、とにかく食べなさいな」とマリアムはお皿をこちらに渡しながら言った。「拒んだらみんなを侮辱することになる。だから何も言わないで」

濃厚なレンズ豆のスープ、米、ロースト・チキンが並んだ。パンの山があり、缶詰のフルーツも出た。近くにある政府軍の基地から砲撃の音が聞こえてくる中、わたしたちは無言で食べた。マリアムから、お願いだから家族と政治の話はしないで、と釘を刺されていた。「うちの家族は長いあいだアサド政権下で暮らしていたから、外国の人と話をするのを怖れているのよ。だから何も尋ねないで。あの人たちを危険な目に遭わせないで」。それでわたしたちはクラシック音楽とオペラ、大英博物館の話をした。一九八〇年代の初め、ムスリム同胞団への弾圧が厳しかったときに、マリアムのいとこのひとりが長いあいだハマーで投獄されていた。その後そのいとこはアレッポに住んだ。マリアムはあらかじめそのことも絶対に話題にしないで、とわたしに注意した。「いまでも、投獄されていたときのことが夢に現れるんですって。だからそれについては絶対に口に出さないことになってるの。過激派のジハード戦士たちがこの国に入ってきてるんじゃないかとみんな疑っている。彼は十分に気をつけなければならないのよ」

柔和な顔をした女性、ローザの姉にあたる女性がテーブルから離れて夜着に着替えた。そして、これからお昼寝をするつもりだと言った。ローザは自分のコーヒーカップを手にすると、姉といっしょに寝室に行く、と言った。ふたりの上品な年配の女性は部屋に引き上げたが、しばらくしてとりわけ大きな爆弾が近くに着弾したので、急いで食卓に戻ってきた。

「これがわたしたちの生活のＢＧＭですよ」と伯父が言った。「だから昼食のときにはバッハについて話すんです」。親類の人たちは、外国人といっしょにいるところを見られたくなかったので、夜遅くなってマリアムとわたしはローザの姉のところを辞し、町を横切って暗闇に没しているホテルへ戻った。ホテルに着くと、秘密警察の人間たちが陣取るテーブルに呼ばれ、ここにいる理由をくだくだと尋ねられた。わたしはダマスカスの許可証を取り出して見せた。それでも彼らは一時間もわたしを解放しなかった。マリアムは――半分耳が聞こえなくなったみたいに、非常に大きな声で話し、甲高い声で早口でまくし立てていて、彼女が怒っていることがわかった――わたしを解放せよと秘密警察に訴えていた。ようやく彼らはわたしを解放した。わたしたちはその夜、重々しく鳴り響く砲撃の中、眠りに就いた。

翌朝わたしたちは、よく眠れないまま身内のごたごたをめぐって姉妹と言い合っているローザに別れを告げ、アラウィー派の中心地区であるラタキアに向かった。バッシャールの父親ハーフィズ・アル＝アサドの霊廟を見たかったからである。ハーフィズは一九七一年から二〇〇〇年に死去するまで、ずっと大統領だった。いくつもの検問所を通過して、ようやく墓所のあるカルダハに近づいた。石のライオン像がいたるところにあった。アサドとはアラビア語でライオンを示す言葉で、バッシャールの祖父がそれを一族の名字にした。

マリアムは急に白いヒジャブを意識するようになった。「わたしたちがいるのはアラウィー派の本拠地よ」ラタキアを取り囲む険しい山々のひとつを望むカフェに立ち寄ったときにマリアムが言った。ペプシの缶を手にした。「落ち着かないわ」

「でもあなたはシリア人なのよ。ご家族はこの近くの出でしょう」

「ここにいるとシリア人だとは感じられない」と彼女は言った。「ここはアラウィー派の国」。マリアムがこれまで宗派の違いに言及したことはなかった。彼女はアラウィー派の歴史を簡単に説明してくれた。「彼らは違うと思っている。実際、彼らは違うのよ」

アラウィー派はシーア派イスラム教徒の少人数の分派だった。シリアの全人口の十二パーセントがアラウィー派だ。この宗派の核となっている信念は、イスラム教の主流と大きく異なっている。この信念のために、スンニ派の支配者はアラウィー派を迫害してきたという歴史がある。しかし、両大戦のあいだでフランスが支配していた時期、近代的なラタキアにアラウィー派の地域が生まれ、それによって迫害から逃れることができた。フランス政府は委任統治時代、アラウィー派とドゥルーズ派が唯一の「好戦的な民族」だと考えていた。というのも、アラウィー派の人々はフランス軍に大規模に徴兵され、いまでも現代シリア軍の大部分はアラウィー派である（実際、そのためにハーフィズ・アル＝アサドは権力の座に就けた）。アラウィー派は軍事においては目覚ましい活躍を見せたが、大半はスンニ派の地主の下で労働者として働いていた。それで両派のあいだに敵愾心が生まれたのだった。

ウェイターが注文を取りに来ると、マリアムはわたしに静かにするようにというしぐさをした。「ここにママがいなくてよかったわ」ウェイターが引っ込むとマリアムが言った。

壮麗なアサド家の霊廟では、守衛――仕立てのいいくすんだ青いスーツを着た若者たち――はとても親切だった。彼らは外国人のわたしを見て驚き、お茶を出してくれ、それから緑色の大理石で覆われた墓まで案内してくれた。墓にはハーフィズと彼のふたりの息子が埋葬されていた。守衛からハーフィズの略歴が書かれたものをもらった。ハーフィズがアラウィー派の中で初めて高校に進学した人物だったこと、シリア独立前、フランス人にアラウィー派が支配されていたことなどが書いてあった。濃厚な薔薇と香料の香りが漂う空気の中、お茶のおかわりを注ぎながら守衛が話しているあいだ、わたしは霊廟の隅にぽっかりと空いている空間を見て、現大統領バッシャールも間もなくここに埋葬されることになるのだろうか、と思った。

「ここは二度と見られないかもしれないわね」マリアムは車で帰るとき、石のライオン像を見ながら言った。「政権が崩壊したら、反乱軍はここをめちゃくちゃにしてしまうでしょうね」。

わたしは振り返って、霊廟の姿を心の中に、まるでポラロイドで撮るように刻みつけた。イラクでサダム・フセインの政権が倒れていくときもわたしは同じことをした。情報省の役人の許可を手に入れて、バスラからモスルへ車を走らせ、古代遺跡と壊れた考古学的遺跡を訪れた。もう二度とこれらの遺跡を見ることができないかもしれないという、恐ろしい胸騒ぎがしたからである。

わたしたちは村を出て、ジバル・アル＝アラウィイン山脈に向かった。途中、食事をするために道路脇のレストランに寄った。流れる川が下の方に見えた。青い目のウェイターは――レバント地方のアラブ人の多くは青い目をしているが、アラウィー派ではそれが顕著だ――わたしたちのテーブルの椅子に座り、マリアムに話しかけた。彼は子供のときにラタキアに引っ越してきたという。アラウィー派であるために、いつも自分は過小評価されている気がすると言った。この国を支配している少数派であっても、と。

彼がテーブルを離れると、マリアムが言った。「過小評価されている気がする、ですって？この国の七十四パーセントを占めているのはスンニ派だけど、政府の仕事を請け負う人たちや役人はアラウィー派が占めている」

ウェイターがミネラルウォーターの瓶を持って戻ってきた。

「ヨーロッパ人にはぼくたちのことなんてわからないですよ」とウェイターは不満を口にした。「みんな反乱軍の味方だ。でも同じシリア人として、ぼくたち全員がひどい負けを食らってるんですよ」

隣りのテーブルにいるふたりの男が、わたしたちの話に耳を傾けていた。アラウィー派のビジネスマンで、スーツに身を包み、煙草を吸っている。ダマスカスから仕事で来ていた。ラキアを飲んでいた。ラキアはアニスの実から作られたブランデーで、トルコとバルカン半島ではとてもよく飲まれている。

「ご一緒してもかまいませんか？」ビジネスマンのひとりが尋ね、わたしたちが答えないうちに、ボトルと自分たちのグラスを持ってきた。彼らは、どうしてわたしがシリアに来ているのか、この国をどう思うか、どんな記事を書くのか知りたがった。マリアムはベテラン記者だったので、気取《けど》られるようなことはなかったが、わたしには彼女がひどく落ち着かない様子でいるのがわかった。マリアムは外国人のわたしといっしょにいることだけでも勇気のいることなのに、ホムスやラタキアや外国人を連れて入ってはいけない場所に連れていってくれていた。

「遠慮なく話そうじゃないか」とビジネスマンが優しい口調で言った。「きみの意見を聞きたいな」。ウェイターが料理を運んできたが、だれも手をつけなかった。

最初、わたしたちはラキアを飲みながら、余計なことを言わないように、微妙な質問をしないように、差し障りないことを話していた。ラキアを何杯か重ねてからわたしはビジネスマンに、ババ・アムルで捕らえられて拷問されたフセインのような男たちの身に起きたことについて尋ねた。

空気が目に見えて固まった。それから頑なな沈黙が訪れた。一方の男がボトルに手を伸ばし、もう一方は煙草に火を付けた。ウェイターがロースト・ポテトといっしょに運んできたラム肉の料理には、だれも手を付けなかった。

「あれは捏造ですよ」とグラスを手にしたひとりがいった。「プロパガンダです」

「でも、両陣営で起きてますね」とわたしは言った。

マリアムはすぐに話題を変えて、いきなり立ち上がった。「わたしたちはダマスカスに帰らなくちゃならないので」彼女はそう言うと、無理矢理親しげな笑みを浮かべた。わたしたちは勘定を払おうとしたが、ビジネスマンはわたしたちに払わせようとしなかったので、そのまま店を出た。車に乗り込むまで、マリアムは一言も喋らなかった。

「あの人たちは嘘をついてるんじゃないの」と彼女は言った。「あんなことが起きたことを、本当に信じてないのよ。あなたにもわかるでしょ、シリア人がこんなことをやりあっていることに、耐えられないの。少なくとも、教養のある視野の広いシリア人には」

マリアムは長いこと黙りこみ、ラジオ局に周波数を合わせた。それから話し出した。「わたしたちにはかつて共通の敵がいた。それがイスラエルだった。それなのに、いまは国内に敵がいるの」


数日後、ダマスカスの外に広がる山脈にある古い避暑地ザバダニに向かった。マリアムは子供のころに新鮮な空気を吸うためによく連れてこられたという。「町を出て美味しい田舎料理を食べるために家族で愉しい遠出をする場所なのよ」。ところが、自由シリア軍がその町を支配しているために――支配する側が政府軍から反乱軍へ、反乱軍から政府軍へとくるくる変わった――兄が自由シリア軍と親しいマリアムですらちゃんとたどり着けるかどうかわからなかった。

内戦前ザバダニには、レバノンからの密輸業者が通る道路が走っていた。大半の人々はスンニ派だったが、いまでは兵士で溢れている。アル＝シャバブと呼ばれる反乱軍の戦士たちは――カタールやサウジアラビアが資金を出していると言われているが――古いライフルを持っている。父親が狩りに連れていってくれた当時のものだ。対戦車用の武器もなければ対ヘリコプター用の銃もない。制服はなく、スニーカーを履いている。

戦争の前、ザバダニは、宗教問題も民族問題もない場所だった。もし問題があったとしても、分断の手法として使われはしなかった、と兵士たちは言った。

「ザバダニに属しているという感覚は、政府によって奪われてしまった」ベイルートで会った若いジャーナリスト、ムハンマドが言った。彼はザバダニで生まれ育ったが、反乱が起きたときに反乱軍側についていたために逃げざるをえなかった。「われわれは、民族や宗派にこだわらない『シリア人』だと思っていたのに」

ある意味では、この戦争がもたらした多くの悲劇のひとつは、宗教的結束の再出現だ。アサド政権は独裁政権であっても、少なくともナショナリストだと思われていた。民族や宗教よりも国家を優先するということだ。アサドがアラウィー派やキリスト教といった少数派に支持者を求めようとしたのはそのためだ。ザバダニのシリア人の結束を破壊しているのは、アサド政権と政治信条ではなく、野蛮な戦争それ自体なのか。

ザバダニに到着した日に聞かされたのは、五十二日間、間断なく砲撃が続いた、ということだった。ダマスカスを出てまず向かった先は、町を見渡すところに住む、農業を営む一家だった。そこで農民の車に乗せてもらってザバダニの中心部に入っていった。壊滅的な爆撃を受けた古い建物の庭に兵士たちが集まっていた。彼らは襲撃の合図を、あるいは攻撃されるのを待っているあいだ腰を下ろして、世界中の兵士たちがおこなうことをしていた。煙草を吸い、お茶を飲んでいたのだ。

前はどんな仕事をしていましたか、とわたしは訊いた。石工がいた。トラックの運転手がいた。教師がいた。そして、ザバダニで何代も続く運送業者がいた。その人物は言った。「三十年前は、ダマスカスとザバダニを繋ぐ道路沿いに暮らす者はみな、物を運んでいたんだ。リーヴァイス、煙草、電化製品、何でもな」

さらに運送業者は、庭にいる全員の注目を集めていることを意識しながら続けた。「昔俺は、ワニの刺繡のある本物のラコステのTシャツを運んでたんだ」

いきなり扉の外側でマシンガンの掃射音が聞こえた。彼は話すのをやめた。だれかが庭に入ってきて、ここから出ろ、と言った。わたしたちは急いでそこを出て別の建物の中に入った。

その日ザバダニの病院になっていたのは、かつては家具店を営んでいた建物だった。病院の場所は数日置きに移さなければならなかった。政府軍が病院のある場所を探し出して爆撃するからだ。わたしが入っていくと、医師が十代後半くらいの兵士の足を縫合していた。兵士は被弾していた。医師はゆっくりと正確に、開いた傷口を縫い合わせ、落ち着いた声で兵士に話しかけていた。兵士は怯んでいなかった。

「ダーライヤーの虐殺が起きてからは」医師が言っているのは、数週間前にダマスカスの郊外で繰り広げられた戦闘のことだ。「もう引き返せなくなった。それまではこれは本物ではないかもしれない、本物の戦争ではないかもしれないと思ってましたよ」。彼は縫合を終えて小さな鋏で糸を切った。「いま私は家具店で、人命を救っています。この二週間で場所を六回変えましたよ。変えないと爆撃されますからね。みんな戦う意欲をなくしてます」

医師は奥の狭い部屋にわたしを案内し、ほかの患者たちに紹介してくれた。爆弾の破片が体に入っていた子供たち、頭部に傷を負った兵士。わたしが病院を去るとき、医師は救急医療セットを渡すと言ってきかなかった。いくら断っても無駄だった。「これは必要です。どうか、持っていってください」と。

建物から出ると、医師の妻がわたしたちの車に向かって駆けてきた。もぎたての梨の実というプレゼントを手にして。ザバダニの町のいたるところに、花を咲かせ実をならせる梨の木がまだ立っていた。

「梨はザバダニのシンボルでした」と医師は言った。「いちばん甘い食べ物だったんですよ」

中央ヨーロッパ時間で二〇一二年二月二十二日午前十時、L・Rとともにベオグラードにいたわたしのところに、ベイルートの知人から電話があり、ジャーナリストのマリー・コルヴィンが亡くなったことを知った。コルヴィンは、ホムスのババ・アムル地区に対する大規模空爆の犠牲になったのだ。わたしは数週間前に彼女に会って、ボーイフレンドのことやファッションのこと、仕事や将来の展望のことなどを話し合っていた。その電話がかかってきたとき、わたしはジムにいた。ロッカールームに籠り、壁に寄りかかったまま身じろぎできなかった。このあと何人の同僚がこの戦争で亡くなるのだろう。

マリーは五十八歳だった。彼女は多くの紛争をくぐり抜けてきた。スリランカの内戦を取材中に片目を失い、辛いリハビリに耐え、アイパッチをつけて仕事に復帰した。不満を滅多に口にしなかった。そして六十歳間近だった彼女の通夜には、民族間の紛争を取材している記者が大勢集まった。マリー・コルヴィンは平和な人生を望んでいた。本を書き、本を読み、逆巻く海を船で渡る人生を。人生の転機となった本はジョン・ハーシーの『ヒロシマ』だ、とよく言っていた。彼女は取材記事を書くつもりでいたが、今回はホムスに行きたいと思っていなかった。いやな予感がしたのだ。しかし彼女はジャーナリストだ。それでホムスに行き、戦争の最《さ》中《なか》、不案内な外国の真ん中の人気《ひとけ》のない通りで、彼女の命は尽きた。ホムスでの砲撃が苛烈なものになり、引き返そうと思った矢先だった。遅きに失した。たいていの場合、決断を下したときにはもう遅きに失するのだ。

わたしはすぐにロンドンに飛ぶ航空券を予約した。友人のL・Rが空港まで車で送ってくれたが、話しかけずにいてくれた。携帯電話はひきもきらず鳴り続けた——ジャーナリズムにかかわる者にとって、マリーの死を告げる電話は朝の目覚ましコールであるかのようだった。

マリーは即死だったそうだが、遺体を故郷に運ぶためにおこなわれた複雑な交渉のあいだずっと、遺体はホムスに横たえられていた。度重なる交渉の末、ぼろぼろになった彼女の遺骸はベイルートに運ばれ、飛行機に乗せられて生まれ故郷ロングアイランドの家に届けられた。そしてやっと、彼女は安らかな眠りに就いた。でもわたしは、マリーがホムスの通りで死んだということを考えないわけにはいかなかった。唯一の慰めは、彼女と行動をともにしていた人が、彼女は即死だったと言ったことだ。もしかしたら、何が起きたのかわからずじまいだったかもしれない。でも、彼女の最期の瞬間のことをどうしても考えてしまう。彼女はババ・アムルにある建物の最上階で目を覚まし、凄まじい砲撃の音を聞き、一階まで駆け下り、外に行くために靴を履き、靴紐を結ぼうと身を屈めた瞬間に爆撃を受けた。二度と家には戻ることなく、愛する人に別れの挨拶をすることなく、自分の最後の記事を伝えることなく。

それからというもの、シリアに行くたびにわたしは恐怖を覚える。でもそれはいいことなのだ。世界でいちばん危険な場所に行くときにたいていの人々が当たり前に抱く感情を、ようやく抱くことができて、わたしは気持ちが楽になった。仕事のやり方が変わるわけではないけれど、はやる気持ちを抑えられるようにはなった。とりわけ再びイスラム国《ISIS》がやってきて、誘拐が再開してからは。

二〇一二年に政府のヴィザを取得して行った二度目のダマスカスへの旅行のあと、パリに戻ってからわたしは、ホムスで会って愉しい午後をともに過ごした幼い子供のことが忘れられなかった。夜になってスナイパーの射撃が始まり、その子の祖母が、この家に外国人がいることが知られてしまうという恐怖から、泣きわめき出した。それでわたしは闇の中、その家を辞した。

彼女を非難することはできなかった。彼女は死にたくなかったのだ。外国人記者がうろついているという理由でムクハバラットが急襲してくるのを怖れたのだ。

その子は何カ月も家の中にいて、退屈していた。友だちに会いたがっていた。抗議デモが始まったときに終わった生活を恋しがっていた。

その子は、家の中で『ホーム・アローン』のビデオを何度も繰り返し見ていた。春の到来を知る聖燭節《グランドホッグ・デイ》の日を待つように、その子は冬の終わりを待っていた。普通の日々が戻ってきて外で遊べるようになるのを、何カ月も前に戦争を避けてパリやロンドン、ベイルートに行ってしまった学校の友だちを見つけ出すのを、学校が再開するのを、待っていた。

「いつ終わるの?」その子は切実な口調で言った。子供にとって、しかるべき時の流れが、秩序が、心の安定には不可欠だ。わたしも母親だからそれがわかる。わたしの息子は、自分が父親のアパートメントに泊まるのか、母親のアパートメントに泊まるのか、だれが学校に迎えにくるのかといったことで絶えず不安な思いを味わっている。

「水曜日って何日先？」と息子はいつもわたしに尋ねる。「クリスマスは何カ月先？　夏はいつ来るの？」

「戦争はいつ終わるの？」と幼いその子はわたしに尋ねた。

「もうじきよ」嘘だと知りながらわたしは答えた。跪《ひざまず》いて、その子の小さな顔を両手で包むようにして。「いつなのかはわからない。でも必ず終わるわ」とわたしは言ってその頬にキスをし、さようならと言い、また嘘をついた。

「なにもかもきっとうまくいくから」と。

第七章　ホムス　バブ・アル＝セバー通り　二〇一二年十月十四日　日曜日

ホムスは初秋に入っていた。暑さが弱まり、大気はひんやりとしていた。わたしは政府のヴィザで戻ってきた。情報省のアビールからは「行動に留意せよ、真実を伝えよ。シリア人民について嘘を言うのはまかりならん」という厳しい命令を受けた。

彼女に、シリア軍に同行できないか、と尋ねてみた。考えてみる、と彼女は言った。「われわれがおこなっている戦闘についてあなたが真実を伝えてくれるものなのかしらね」と彼女は疑い深い口調で言った。ある平日の朝、朝食前に彼女からようやく電話があり、「同行してもかまわないわ」と言われた。「シリア軍の勇敢な青年たちの様子と、テロリストたちが彼らにどんなことをしているのかがよくわかるでしょう」

それでわたしは町のもう一方の側、戦争のもう一方の側についた。配属されたのはシリア・アラブ軍、つまりシリア国軍の支部隊で、一九四六年からシリア「政府」の実動的役割を担っている。その部隊の任務は、人のいない建物の中に潜んで部隊の兵士を狙い撃ちするスナイパーを引き出すことだった。スナイパーが近くにいるので、身を屈めていなければならない。

さもないとスナイパーからわたしたちの姿が見えてしまう。

わたしはリファフという名の兵士とともに行動した。アラビア語でリファフというのは、鳥が翼をはためかせる音を意味する。彼はカラシニコフを手に、大きな口径の自動小銃の射撃音が聞こえてくるのを待っていた。緊張していた。すぐそばにいると、彼の頬の筋肉が引きつっているいることや息が煙草くさいことがわかり、その緊張がこちらにも伝わってきた。恐怖には特有の身体反応がある。

打ち棄てられた通りや家を走って横切りながらバブ・アル＝セバー通りにやって来た。たとえ安全な地区ぎりぎりまで車で行くことができても、そこで車を放棄しなければならない。兵士たちに従って、込み入った建物を通り抜けてこの通りに来た。いくつもの建物の壁を打ち抜いて通れるようにした「鼠穴」と呼ばれるトンネルを這い進んだ。このトンネルのおかげで通りに出ずにすみ、ロケット砲やスナイパーなどの危険に身を晒すことなく、建物から建物へと移動し、障害物を越えることができた。鼠穴のない建物では路地を歩くしかなかったが、建物が崩れ落ちて路地がふさがっていると、厚板の上や粉々になったガラスの上に登ったり、即席の橋を作ったりして進んだ。

わたしたちはじりじりと這い進んだ。目的の建物にたどり着くのに一時間かかった。平和時なら五分で行けただろう。

情報省はわたしを監視する「世話人」を送ってきた。世話人のシャーザは三十代の女性で、率直で勇敢で、熱狂的なアサド支持者だった。彼女はわたしに従って前線に来なくてもよかったのだが、前線での「兵士たち」の様子を自分の目で確かめたかったのである。彼女には人をなごませるセンスもあった。「次のときは」彼女は鼠穴を這い進みながら、息を切らせて言った。「ピンクのヘッドスカーフを身につけちゃだめよ。スナイパーにすぐに見つかっちゃうからね」

バブ・アル＝セバーの部隊の兵士はかなり若く、徴兵されたばかりだった。部隊を率いるのは、彼らより少し年上の数人の下士官だった。みなひどく消耗していた。疲労で充血した目をしてはいたが礼儀正しく、わたしを見てびっくりし、好奇心を露わにした。想像していたようなマッチョなタイプではなかった。少年たちだった。いちばん「マッチョ」らしい面を見せたのは、ときどき異様に興奮し、空に拳を突き上げて「神！　シリア！　シリアと神！」と一斉に叫ぶときだった。けれどもその雄叫びも力強くはなかった。

わたしたちが市街地を横切っていくと、兵士たちは自分のいる場所を合図で示した。武器を携えた兵士たちは建物の一階か二階に単独でいて、スナイパーは高いところで銃を構えていた。ほかの者たちは、四、五人の小さな集団で固まっていた。「ひとりだと、退屈になる、退屈になる、退屈になる」ひとりの兵士が言った。

「怖いの？」わたしは訊いた。

退屈だと言った少年が立ち上がってわたしのほうにやってきた。「怖がらないのは馬鹿だけだよ」それが合図になったかのように、一斉に銃声がした。彼は銃を手に自分の持ち場に戻った。

リファフの部隊の指揮官は――名前を出してほしくないというので、Mと呼ぶことにする――反乱軍の兵士が何人いるかわからない、と言った。ホムスに残っているのはほとんど自由シリア軍（ＦＳＡ）だ、とも言った。彼らの要塞は旧市街にあった。残っているのは千五百人から二千人のあいだくらいということだった。

「だれにもわからない」とMは言った。ＦＳＡは「それなりにいい」兵士で、「素晴らしい戦い方をするときもある」と。「奴らは何をすべきか知っている。しかしわれわれの軍のほうが規模も大きいし、力も強い。そんなわれわれを奴らは打ち負かそうとしている」

そこにいるあいだ、わたしはフセインのことを考えていた。フセインはホムスでアサドの兵士に拷問された。わたしがいま同行している兵士たちの仲間に。しかしリファフを嫌いになることはできなかった。わたしはこの戦争に対する彼の意見を聞きたかった。リファフの目にはこんなふうに映っていた。アラウィー派は、シリアの歴史の中で絶えず弾圧されてきた少数派グループだった。踏みつけにされ、迫害され続けてきた。そしていまや、この国が過激化し、聖戦《ジハード》主義化して、アラウィー派は危険に晒されている。

「ＦＳＡの戦士たち全員がイスラム教の聖戦のために戦っているわけじゃないでしょ」わたし

は言った。「中には、アサドのいない民主主義の国を創るために戦っている人もいるんじゃない？」

「ぼくは政治的な人間じゃない」リファフは話を切り上げようとして言った。「ぼくは命令に従っているんだよ」。わたしが、アサド政府の医師に腸を切り取られたフセインの話をすると、リファフは衝撃を受けた。

ほかのさまざまな戦争で会ったどの兵士とも同じように、リファフも、ずっとかがみ込んでスナイパーが再び銃を撃つのを待っているこの冷たい部屋ではなく、どこか別の場所にいたい、と思っていた。「あそこにいる」リファフは鉄格子のはまった窓の下を覗き込める位置に移動しながら言った。三百メートルほど先の爆撃された建物のほうに首を振った。そこはかつて学校だったが、いまは武器庫になっていた。政府軍はできれば今日中にその場所を占拠したかった。待つ時間はたっぷりある、スナイパーは一日中撃ち続けていた、と彼は言った。

これが戦争というものなのだ、とわたしは思った。一センチ一センチ、一部屋一部屋、建物一軒一軒、道路一本一本、そしてやがては一地域一地域と徐々に、ゆっくりと制圧していかなければならないのだ。気が遠くなるほど長い時間がかかる。だから、煙草の火を付けたり、次の銃撃や次の目的地を待ったりしてその時間を潰していく。領地の奪還は銃撃戦ではらちが明かない。組織的に、時間をかけて進めなければならない。

いきなり銃撃が始まった。

リファフと彼の部隊（彼の兄弟たち）が「隠れ場」にしていた部屋は、かつてはだれかの寝室だった。この家に人が住まなくなってから長い時間が経っていた。人の住んでいた家がいまやスナイパーの隠れ場だ。住んでいた人たちの衣類、写真、生活はあとかたもない。

さらに銃声が聞こえ、スナイパーが応戦する鋭い音が聞こえた。「ひとつの建物を占拠するには何時間も、何日もかかるんだ」リファフは低い声で呟いた。「こんなふうに戦いは進むんだ。こっちが一センチ進むと、あっちは一センチ下がる。あっちが一センチ進むと、こっちは一センチ下がる」

「猫と鼠の駆け引きみたいなもんさ」別の兵士が言う。彼はわたしたちからそう遠くない隅にいる。

これが市街戦の戦い方だ。猫と鼠。

「どっちが猫でどっちが鼠？　猫はあなたがた？　それともスナイパー？」

リファフは笑った。答えなかった。

その長い夏、フセインが病院のベッドで切られた腹部の回復を待っているあいだもずっと、ホムスの戦争は続いていた。致命的に、ゆっくりと、じりじり進んでいた。変わらない速度で動いていた。ここにわたしを連れてきてくれた兵士たち、瓦礫の山をよじ登った兵士たちは、待っていた。敵の兵士が引き出される瞬間を、建物に突撃する瞬間を、家に帰る瞬間を。ときおり、自分がここにいる理由を思い出すために、彼らは歌った。

心をこめて
喜んで
われらは戦う、アサドのために！

二〇一二年十月の初めにシリア政府がホムスへの新たな攻撃に着手したとき、リファフと彼の部隊はこの地に配置され、明確な目標を与えられた。反乱軍の手から向かい側にある建物を奪取することだ。これはつまり一種の接近戦で、サラエヴォの包囲攻撃の戦い方やチェチェンの戦争、ベイルートの戦闘と似たものになるということだ。イギリス軍は、こうした戦い方を「市街における攻撃作戦」と呼び、アメリカ軍は「市街戦」と呼ぶ(12)。大砲、弾薬、供給品、兵士を運ぶのは大変な負担だ。しかし市街戦ではそれが必須であり、しかもそれが唯一の戦い方なのである。リファフと彼の部隊は自分たちの形勢を維持しようと苦戦していた。もしこの攻撃が失敗すれば、この地域の足がかりを失う。

ダマスカスからホムスに向かう前、ダレン・ホワイト――ロンドン在住の治安と軍事の専門家――が、市街戦の厳しさについて説明してくれた。建物のまわりを動いて少しずつ陣地を獲得していくことは、簡単そうに見える。ところが、ホワイトによれば、「それには統制と命令とマイクロマネージメントが不可欠だ。ロシアが一九四五年春にベルリンの戦いで国会議事堂を奪ったときにそれをおこなった。ひとつの建物を占拠するのに十日もかかったんだ」。

二〇一二年秋までに、シリア政府軍はホムスで勝利を収めていた。しかしシリア政府軍は普通の軍隊で、型どおりの訓練を受けているだけだった。兵士は国中から集められ、ホムスは彼らの故郷でも何でもなかった。自由シリア軍は地元の者たちで、地勢をよく知っていた。ゲリラのように戦うことができた。土地を守っていたので、防御の射撃と弾の届く範囲をよく知っていた。リファフは反乱軍を、身を低くしている相手にジャブをたたき込んでくるボクサーにたとえた。「相手を悩ますやり方だ。短く鋭く、叩いては逃げて行く攻撃。致命的だ」

一時間が経った。煙草の箱が空になりかけている。時間を判断するのは腕時計ではなく、火

(12)市街戦を意味するアメリカ合衆国軍の言葉はＵＯ（Urban Operation）で、市街作戦の略である。初めにアメリカの軍事用語として使われていたのはＭＯＵＴ（市街地での軍事作戦 Millitary Operations in Urban Terrain）の略語だった。それがＵＯに取って代わった。ただし、ＭＯＵＴはいまも使われている。

イギリスの軍隊では、ＯＢＵＡ（Operations in Built-Up Areas）、ＦＩＢＵＡ（Fighting In Built-Up Areas）、そして時にはＦＩＳＨ（Fighting In Someone's House）やＦＩＳＨ ａｎｄ ＣＨＩＰＳ（Fighting In Someone's House and Causing Havoc In People's Streets）などが使われる。ＦＯＦＯ（Fighting in Fortified Objectives）という略語は、塹壕や溝や要塞といった狭くて安全な場所から敵を一掃し、地雷とワイヤを解除し、敵地を足がかりとするときに使う。

を付けた煙草の本数だ。ときおり、だれかが励ますようなことを言う。「あの学校を手に入れるさ……最後にはな」とか「時間の問題だよ」とか。

太陽が沈んでいった。リファフが指揮官と話す必要があったので、わたしたちは通りへと這うようにして戻っていった。だれかが、ホムスでいちばん素晴らしい高校がここにあったんだ、と壊れた建物の山を指さした。かつて、生徒たちがカフェでコーヒーを飲んだり、リュックを背負って通りをぶらついたりしていたのだ。いまはさながら黙示録後の『マッドマックス』の世界だ。ロケット弾で粉々になった建物、骨組みだけになった家の残骸、破壊された教会、最前線の場所。


シャーザは、自由シリア軍が放棄したばかりの古い建物に入っていった。ここも前線の近くに位置していた。医療品が散乱していた。空になった鎮痛剤の瓶、注射器、古い包帯、そして血まみれの服が残されていた。負傷兵のトリアージ・ホスピタルとして使われていたのだ。シャーザはいったん姿を消したが、部屋の隅から勝ち誇ったように現れて、扉の枠から吊り下がっていた錆びた肉吊り用フックをわたしに見せた。

「これは、反乱軍がわが軍の兵士を拷問するときに使っていたものよ」彼女は言う。「彼らは、政府軍に拷問されていると言っている。でも、彼らこそが、捕らえたアサドの兵士を拷問しているの」。彼女はわたしをその部屋の中に押し込むようにして、至近距離からフックを見せようとした。フックに付着している乾いた血痕を指で示した。

「わたしたちがこれをいまここに取り付けたとでも思っているの？」彼女はわたしの顔を見つめながら言った。

「わたしにはわからないわ。あなたにはわかるの？」

シャーザは離れていった。

この建物は病院として使われていて、自由シリア軍の兵士を治療していた。それが戦闘の二日後に崩壊した、と政府軍の兵士が教えてくれた。反乱軍は、敗北が明らかになった瞬間にこの場所を捨てた。残されていたのは、錆び付いた簡易爆弾と無残にもめちゃくちゃになった衣類、片方のスニーカーだった。庭には深い穴があった。シャーザはその縁に立って中を覗き込んだ。彼女の隣りにひとりの兵士も立った。

「死体があったところよ」彼女がようやく言った。「FSAがわたしたちの軍の兵士たちを捕虜にして殺してここに投げ込んだのよ」。彼女はわたしのところに来ると腕をつかみ、穴のほうに引っ張っていった。彼女は跪《ひざまず》いて、暗い穴の中をよく見ようとした。

東ティモールのディリで二〇〇〇年の国民投票のあとに暴動が起きたとき、わたしは地元の人たちに、壁に囲まれた緑豊かな庭の井戸のところに連れていかれた。彼らに背を押されて覗き込むと、井戸の中にたくさんの死体が詰まっていた。何十人もの死体がある、と住民たちは言った。わたしが見たのは上に浮かんでいる二人か三人だったが、体は紫色に膨張していた。

その下にもっと多くの死体があり、上の二、三体を支えているのがわかった。水の中から手が突き出ていた。足もあった。住民のひとりが長い棒を持ってきて、死体の塊を突いていた。彼らはわたしに写真を撮らせたがった。この記事を書かせたがった。そして、通りに出て下水溝やどぶに浮かんでいるほかの死体を見せたがった。

わたしは言われるがまま、体が自然に動き出し、通りに出てノートに書き付けた。それから、わたしが雇った元漁師が運転するスクーターにまたがり、別の町に行った。そこでさらに多くの死体を見た。しばらくしてわたしは数を数えるのをやめた。死体はいたるところにあるようだった。跨《また》げるくらいの狭い下水溝に浮かんでいたり、道路や青く茂る南国の草むらで腐敗したりしていた。美しい風景のある場所なのに、なんともいまわしいところだった。わたしにとってティモールの記憶といえば死体だった。そして、陽を浴びて腐っていくにおいだった。ルワンダも同じだった。

シャーザは、この穴の中に以前だれがいたのか、何人いたのか、どこから連れて来られたのかだれにもわからない、と言った。「いまは死体はないけれど」と彼女は言ったが、それでもまだ跪いて覗き込んでいた。そして、向こうに行って上官と話をしなければならない、と言った。その上官は別の建物にいて、そこに行くまでにいくつもの壁を越えていった。

ババ将軍は自分のオフィスにいた。かつては家具を売っていた焼け落ちた店が彼のオフィスだった。四十代の彼は、海辺の町タルトゥース出身で、アラウィー派の農場主の息子だった。この数週間、前線で戦っていた。

彼は自分の指揮下にいる兵士の数を教えてくれなかった。「それは機密事項でしてね」録音のように言った。そして基地のストーブでコーヒーを作るように部下に頼んだ。そのコーヒーは驚くほど美味しかった。ババ将軍はスプーンに三杯分の砂糖を入れてから、煙草に火を付けた。「タルトゥースに行かれたことは？」と彼は心から知りたそうに言った。「とても美しい場所ですよ。シリアの戦争の現場ばかりを見ているだけではいけません」そして自分の故郷のことを旅行の案内係のように流暢《りゅうちょう》に話した。戦争など起きていないかのように。

タルトゥースには友だち数人と行ったことがあった。友人はアサドに忠誠を誓っているスンニ派の人たちで、わたしたちは海沿いのアパートメントに滞在した。戦争が始まったばかりのころで、友人たちは、自分の国の男たちが殺し合っているなんてあり得ない、と否定していた。友人たちはわたしを浜辺のそばのアパートメントに連れ出し、ダマスカスの張り詰めた状況から引き離そうとしたのだ。それで、木のテーブルと椅子があって山々がよく見えるカフェをはしごしながら、アラウィー派の本拠地を通り過ぎていった。

到着したのは夜だった。その翌朝、浜辺まで下りていき、ゆっくりと地中海の水につかった。思い返せば、わたしはガザへと、さらにはリビアへと延びている海岸を見ていたのだ。窓を開けたままで眠りに就いた。とても静かだった。けれども朝になって、友人たちの母親がラジオの前に座り、ダマスカスの外で激しい戦闘が繰り広げられていると言った。道路は封鎖されるだろう、と。わたしたちは急いで荷物をまとめ、旅行を切り上げてダマスカスに向かった。

ババ将軍はその浜辺からそう遠くないところで育ったのだ。わたしがそのことを彼に言うと、嬉しそうに頷いた。「そうです、そこからそう遠くないところに家族の家があります」。彼にはスンニ派の友人がいた。シーア派もユダヤ人もキリスト教徒にも友だちがいた。「子供のころはよく歌っていたものですよ。『ひとつ、ひとつ、ひとつ、シリア人はひとつ』って、みんな歌っていたんですよ」

その歌を覚えている兵士たちがいた。それでひとりが歌い始めた。

「われわれは宗派単位で考えたりはしなかった」ババ将軍は言った。「あなたが信じていないのはわかりますけどね、本当のことですよ」

彼はコーヒーをもう一杯飲み、もう一本煙草に火をつけた。無線で呼び出しがあり、彼の表情は曇った。だれかが殺されたのだ。

「行かなければなりません」と彼は言った。「向こうで新たな攻撃が始まったようです。あなたもすぐにここから出ていかなければ、ここに二日間も留め置かれることになりますよ」

この戦争が始まってから、部下の兵士は何人亡くなったのだろう。

ババ将軍は最初は何も言わなかったが、ようやくこう言った。「恐ろしい数ですよ」

彼のところを辞してから、奥の路地を走って、最後の安全な通りに停めてある車を目指した。前線から走って十五分くらいの距離だった。アルマハッタという小さな飛び地に車を停めていた。そこは心地よい静けさがあり、嬉しくなるくらい穏やかだった。きちんとヘッドスカーフを被り、きちんとアイロンをかけたジーンズをはき、スムージーを飲み、水煙草を吸っている大学生たちがいた。平和時であれば、わたしはカフェで普通の人たちのようにリファァフとコーヒーを飲むこともできただろう。

それから二十四時間以内に、リファァフと部隊は高校を占拠した。自由シリア軍は夜中、その地を奪還すべくさらに多くのスナイパーを送り込んできたが、リファァフは、追い返してやった、と言った。その勝利を楽しんでいるようには見えなかった。だれもが疲弊しきっていた。「午前五時に戦闘は終了した」と言う彼の声はしゃがれていた。「眠らないとだめだ。今日の夕方にもう一度攻撃をしかけなくちゃならないからだ。喉がひりひりするよ。病気に罹《かか》っているんだ。もう行くよ」。それ以来、二度とリファァフに会うことはなかったが、スナイパーのライフルが放つ鋭い音と、わたしの髪に染みついたリファァフの煙草のにおいはいまでも鮮明に覚えている。

シャーザはわたしに「普通の人たち」と話をさせたがった。

「渋滞があるのは嬉しいわ」と元気な声で彼女は言った。これはつまり、人々が外出していて、もう銃弾から隠れていないということだ。ホムスはシリア第三の都市でありながら、それほど広くはない。それでも、市庁舎に着くのに、渋滞に巻き込まれながら一時間はかかった。シャーザがわたしに見せたかったのは、「戦時シフト」で働いている人々だった。人々は半日だけ働き、次に来る人に引き継いで帰っていく。デスクやコンピューターが足りていないのだ。

シャーザの友だちとコーヒーを飲んだ。

「憎しみを抱いている人もいるわ」。マヤダというイスマイール派の女性は、サーディジという アラウィー派の男性と結婚していた。彼女の家はホムスの別の地区の二階建てアパートメントで、そこでお茶をごちそうになった。「でもわたしのような中立の者もいるから、なんとか仲良くやっていけるのよ。みんなうんざりしてるから近所づきあいはいいの。あなたはホムスが戦場だと聞いているでしょう。でも、爆弾と暮らすことを学んでいる人たちがいるってこと、知らないでしょ」

サーディジがわたしたちのいる部屋に入ってきた。「ここはモーセとモハメッドとイエスの土地ですよ。わたしたちは子供に、シリア人であることを優先せよと教えていました。アラウィー派は二の次だ、善良であること、良きシリア人、正しい人間であることが大事だ、と。人々はわれわれが殺し合いをしていると思っています。でも、われわれは憎むためではなく愛するために子供たちを育てています」

「でも、向こうでは」わたしはバブ・アル＝セバー通りのあるほうを指さした。「憎しみの戦争がおこなわれていますよ」

「彼らが戦っているのは政治家のための代理戦争であって、憎み合ってのことじゃありませんよ」サーディジが言った。

「自由シリア軍は、自由のために戦っていると言っています」わたしは言った。

サーディジが言う。「彼らの言う自由とは、われわれの犠牲の上に成り立つものなんですよ」

戦争開始から二年目の十月の下旬、ほかの選択肢がなくなった人々がホムスにこっそり戻ってくるようになった。大勢の人々が町を離れ、国境を越え、密航業者とともに、トラックやバスに乗ってレバノンに入っていった。しかし、戦争前の人口の二十から三十パーセント――およそ一万人――にあたる人々が戻ってきて、自分たちの家を探し、新しい生活を営もうとしていた。

ホムスは迷路、迷宮、破壊の残骸だった。検問所や完璧に破壊された地区を過ぎると、まったく傷んでいない木々の生い茂る通りと優雅な家々が現れる。そこにはきれいな庭もバルコニーもあり、ジャスミンの木はいまも花を咲かせている。ババ・アムルやバブ・アル＝セバー通り近くの建物はぼろぼろになっていても、その前線で人々は暮らしていた。早朝の光の中で、ヘッドスカーフを巻いて、暖を取るための木材を集めたり、残飯を漁って食料となるものを探したりした。アレッポと同じように。

今回バブ・アル＝セバー通りに行くと、壊れたベビーカーに生後十カ月の赤ん坊を乗せている女性に会った。片方の車輪がちゃんと動かず、無理矢理押そうとするとがたがたと震えた。女性は苦しみのせいか凍りついた表情をしていた。わたしたちは立ち話をした。爆撃がすさまじくなって一度は町を出た、と彼女は言った。しかし夫はホムスに留まっていたので、彼女は戻ってきて、子供たちを戦時中の学校に入れた。爆撃されている中を学校に連れていくのにも慣れた、と言った。戦時中のシフトで働く市庁舎の職員のように、子供たち全員が、少なくとも何かを学ぶ機会は手にしていた。教師も教科書も紙も鉛筆も足りない、「なにもかも」が足りない、と彼女は言った。

立ち話をしていると、彼女の十一歳の息子アブドゥーラがやってきた。戦時シフトとなった学校から帰ってきたのだ。

「この子は戦争が始まってからずっとここにいたんですよ」と彼女は言った。「この子がすっかり変わってしまったような気がして」

「爆弾の音ばかり聞いてたよ。そして待ってたんだ」とアブドゥーラは言った。

「何を待っていたの？　愛しい子《ハビービ》？」アブドゥーラの母親は、愛情を込めて子供に呼びかける言葉を使った。

アブドゥーラは肩をすくめると手首のかさぶたを引っ掻いた。

「戦争が終わるのを？」

彼は何も言わなかった。

前線の近く、この春に破壊されたバブ・アル＝セバーの教会前の通りの向かい側に、小さな家がある。家のまわりにあるすべてが瓦礫となっている。しかし、三十二歳のキリスト教徒のカーラは、出ていくのを拒んだ家の中で、子供たちといっしょに暮らしている。彼女はよろい戸を開け、ドアを開けてわたしたちを招き入れてくれた。とても寒く、子供たちは咳をしていた。家の中は暗闇に近かった。

カーラは、戦闘が野蛮さを増した二〇一一年の十一月にいったんここを離れた。しかし逃亡生活に耐えられなかった。子供たちはベッドの下にずっと隠れていた。それで戻ってきたのだ。「ほかにどこに行けると思います？」

ホムスの石油プラントで働いている彼女の夫は、家を守るために戦闘が激しいときもここにいたが、カーラと子供たちは郊外に住んだ。しかし彼女はそこが嫌いだった。夫の身を案じた。子供たちの食料を探せるかどうか案じた。将来を案じた。ひとりになりたくなかった。それで彼女は戦争のまっただ中に家族をひとつにするために帰ってきた。戦争前に買っておいた缶詰や米、パスタなど、手当たり次第何でも食べている。「戦争と共存する方法を学べます」と彼女は言う。

子供たち全員に、さまざまな形でトラウマが表れている、と彼女は言う。おねしょをする子。眠っているあいだに悲鳴をあげる子。四歳のナデムは、髪が抜け始めた。

「無力とはどういうことか教えてあげますよ。無力とはね、母親なのに子供のために何もできないということなんです」カーラは窓の向こうにある教会を見つめながら言った。教会には銃弾を受けた穴が無数にあり、屋根には大きな穴が空いている。

「教会の中を見てください」彼女は感情のこもらない声で言った。「見ていただきたいんです。戦争が人々に何をしたのか、教会に何をしたのか」彼女は教会の向かい側に住んでいたので、生き延びられると信じていた。しかしその教会も、爆撃され銃弾の的になった。

教会の中の信者席は粉々になっていた。マリアのイコンとばらまかれた何冊かの祈禱書は別にして、あとはすべて砲撃によって焼かれ、破壊されていた。司祭の控え室の中に小さな金庫があったが、こじ開けられていた。

瓦礫の中を歩き回った。ナデムがだっこしてもらいたがった。カーラは身を屈めてナデムを抱き上げた。

「三月にはまだみんなここで祈っていたんです」とカーラは言った。「ミサにも来ていました。ところがあっという間に、教会がなくなってしまった」

激戦が一本向こう側の通りで始まったので、カーラは子供たちを家の中に入れることにした。それでわたしたちは粉々になったガラスを踏みしめながら彼女の家に戻った。教会の庭には、イエスを抱いたマリアの壊れた大理石の像があった。

家に戻っても、子供たちはマシンガンの連射音に反応しなかった。銃声はひっきりなしに続いた。

カーラの十二歳になる娘ナヤは、腰が曲がっていて、老人のようだった。ナヤはだれにともなくこう言った。「この戦争がどこに向かっているのかだれにもわからないのよね。でも、必ずどこかに行くんだわ」

「どこかに行かなくちゃおかしいよね、ママ」ナヤはまた言った。「そうでしょ、ママ？」

カーラは黙ったままだった。

「ママ？」

マシンガンの掃射音が新たに響き、ナヤは口を閉ざした。

第八章　アレッポ　二〇一二年十二月十六日　日曜日

午後になると必ずその老人を見た。変わっていなかった。同じ場所、同じ姿勢、同じ服。アレッポはこの数カ月ずっと絶望的な状況にあり、その老人は病院へと延びる道路の脇で、ごみの中に腰まで埋もれていた。その姿はわたしには、この都市で死にかけているすべてのものを象徴しているように思えた。老人は広いごみ捨て場に立って、両手を何かの中に突っ込んで食料を漁っていた。ごみを漁って食べるものを探していたのだ。

わたしたち三人の女性ジャーナリストは、トルコででこぼこの車に乗せてもらいたいと頼み、暗闇の中にかすかな明かりを灯して開いている小さな病院に向かっていた。ドライバーは、神経質で小柄なシリア人男性のOだった。車の中で同僚のひとり、パディかニコルのどちらかがこう言った。「あの老人、前にも見たわね。毎日あそこにいるのよ」。その老人はいつも同じ場所にいた。同じところに、同じ格好で、同じぼろぼろの服で。

何か見つけられただろうか。

そうとは思えない。しかし彼はいつもそこに戻ってきた。

わたしたち三人は一緒にアレッポに行くことにしたのだった。ニコルは香港から来た小柄で勇敢な女性で、長い髪を黒いスカーフで包み、カメラを携えて、友人のジム・フォーリーを探すために前線へ向かう予定だった。パディはイギリス人で沈着冷静だった。わたしたちはアレッポの人々が食べているものや、飢餓の程度や、戦時中の生活について記事を書きたかった。ところがここにはほとんど何もなかった。この冬の日、パンを焼くための動力がなかった。料理をするガスがなかった。ここでの生活は欠乏だらけだ、とわたしたちのドライバーが言った。切望する生活、不足する生活、なしで済ます生活だ。それは記憶と忘却の生活でもある。

友人のカメラマンが、かつてジハード戦士時代のアフガニスタンを「伸縮する時間の国」と呼んだことがある。彼がどういうつもりでそう言ったのかすぐにわかった。時間が性能抜群の車のように飛び去っていくか、無力のまま留まっているか、そのどちらかしかない場所なのだ。ここアレッポでは、記憶があやふやになる。戦争中には、時間がいつまでも進まない。いつまでたっても明日にならないように思える。いつになったら料理用ガスが使えたり、砲弾の雨がやんだりするかわからない。

時間のない感覚、時間を喪失した感覚は、アレッポがとても古い都市だという事実と対照的だ。アレッポは七千年の歴史があり、あらゆるところに歴史が刻みつけられている。地球上でもっとも古くから人が住んでいる都市で、その歴史は紀元前三千年代後半まで遡ることができる。

考古学者がメソポタミア文明の遺跡を発掘すると、この都市の軍事力や強大さを記した石版が見つかる。アレッポは、中央アジアとメソポタミアを繋ぐシルクロードの最終地点で、貿易の重要拠点だった。馬や隊商が、銅や羊毛、中国の絹、インドの香料、イタリアのガラス、ペルシャの金属を運んだ。

この二〇一五年十二月に、シリアの内戦は三年目に入っていた。わたしはアレッポのかつての栄光の軌跡を探していた。ぼろぼろの穴、砲弾の痕《あと》しかなかった。オスマン帝国時代に三番目に大きかった都市が、どうしてこんなひどい状態になってしまったのか。クリスマスを一週間後に控えたこの日、わたしは本当ならパリの家で幼い息子とともにクリスマス・ツリーを飾ったり、両親へのプレゼントを買いに行ってきらきら光る包装紙で包んだりしているはずだった。ところが、わたしはこの世の終わりのような町にいた。

アレッポの戦いに終わりはないように思えた。戦闘は、バッシャール・アル＝アサド政権軍（とヒズボラの混成軍）対さまざまな反政府軍（軍を離脱したシリア軍の兵士の割合が多かった）でおこなわれていた。反乱軍とも呼ばれるシリア反政府側を構成するグループを表にしてまとめたかったが、その内訳は日々変化していた。仲間同士の殺し合いがある。戦争に発展し無政府状態になった市街地や村などでよく起きることだが、生き延びるために犯す犯罪がある。

いま現在、反政府軍の中には、アル＝ヌスラ、ジャブハト・アル＝ヌスラ（アル＝シャムの人々のための支援戦線）が含まれていて、タンジム・カエダット・アル＝ジハッド・ファイ・

ビラッド・アル＝シャムと呼ばれる、シリアにおけるアルカイダの支部が入ることもある。彼らは二〇一二年一月に結成され、つい最近では六千人を数えると言われている。

イスラム国——この戦争で力をつけるのはかなりあとになってからで、やがてアル＝ヌスラおよび反乱軍と戦い、七世紀にイスラム世界で成立した野蛮なシャリーア（イスラム法）をシリアの一部とイラクに導入しようとする——は、まだ萌芽も見えず、影のところで存在していた。形になるのをじっと待っている段階だった。

シリアでもっとも産業が栄えた町アレッポは、実に多様な人々で構成されていた。二〇一一年以前には、アレッポに住んでいたキリスト教徒はベイルートよりも多かった。そのほかにシリア系アラブ人、クルド人、アルメニア人、アッシリア人、トルコ人、サーカシア人、ユダヤ人、ギリシア人がいた。聖書にはアレッポについて語っている十三篇の詩がある（アレッポは十一世紀からアラム・ゾバというヘブライ語で呼ばれていた）。

詩篇の第六十篇に「ダビデ、ナハイラムのアラムおよびゾバのアラムとたたかひをりしがヨアブかへりゆき塩谷にてエドム人《びと》一万二千をころししとき教訓《おしえ》をなさんとてダビデがよみて『証詞《あかし》の百合《ゆり》花』といふ調べにあはせて伶神（歌の神）にうたはしめたるミクタムの歌」とある。

塩谷はアレッポから馬に揺られて四時間のところにある、とわたしが読んだ文献には書かれている。一六九七年にこの地域を旅行した神学者ヘンリー・マンドレルが書いたものだ。その塩谷でダビデはシリア人一万二千人を殺した。

いまシリア人を殺しているのはだれなのか。シリア人は互いに殺し合っているのだ。野蛮に、見るも無残に。

バッシャール・アル＝アサド率いる政府軍は、樽爆弾（即製爆弾）を使う(13)。この爆弾は、わたしがこれまで生き延びてきた数多《あまた》の戦争で目撃したものとは種類が違う。殺傷能力が信じられないほど大きい。銃弾の破片や薬品を詰め込んだ樽でできていて、ヘリコプターや航空機に積んで、高いところから落として使う。戦闘好きな人々はこの爆弾を好む。安上がりで（五百ドル以下で作れることもある）、人口密度の高い市街地に簡単に落とせ、多大な損害を与えられるからだ。

樽爆弾が落ちたあと、人は膝の高さの瓦礫に埋まり、苦痛の悲鳴が響き、生存者を血眼になって探す。手足は切断され、肉と血の混じった溜まりができる。コンクリートの瓦礫に埋まり、脚が動かず、だれかに掘り出してもらうのを待ちながら生きているしかない。アパートメントの床の重みが、いきなり身動きできなくなった体を押しつぶす。

ハンダラットのパン屋の前で待っていたら、ヘリコプターが唸りをあげてこっちに向かってきました。午前九時でした。上空を三回旋回し、それから樽爆弾を落としました。わたしの二メートル先に落ちたんです。落ちてくるのは見えましたが、隠れる場所なんてありません。爆発するのはわかりました。破片がわたしの脚の中に入ってくるのがわかりました。破片はわたしの首と脚に突き刺さり、もう一方の脚は折れました……怪我をした人が四人いました。四人とも地面で動いていました。わたしの連れていかれた病院で、五人か六人が亡くなったと聞きました。

エリアス、十七歳、ヒューマン・ライツ・ウォッチへの証言(14)

アレッポはある意味では、シリア内のすべての戦いを表す小宇宙だった。シリア内戦におけるレニングラードだった。あるいは、ある反乱軍の戦士が語ったように、アレッポは「すべての戦いの源」だった。ここで始まった戦法が、ホムスでもハマーでもダマスカスでも実行された。拡大していった「アラブの春」の一部として、民主主義を標榜《ひょうぼう》する側が、アサド独裁支配に異議を唱えたのだ。二〇一一年には抗議だったものが、二〇一二年二月には衝突になって

(13)アレッポとダルアーでは、二〇一四年二月二十二日に安全保障理事会の二一三九決議以降も、樽爆弾攻撃が続いている、とヒューマン・ライツ・ウォッチが報告している。医療施設のそばや施設そのものが攻撃を受け、その近辺に軍事的な標的がないにもかかわらず、学校やモスクや市場のある住宅街にも攻撃は続いている。樽爆弾は無誘導の効果の高い爆弾で、たいていは大きな石油缶、ガス・シリンダー、給水用タンクなどの中に爆発物と破裂後に広く飛び散る鉄くずを入れて作られる。それをかなりの高度まであがったヘリコプターから落とす。

(14)ヒューマン・ライツ・ウォッチ「シリア　樽爆弾に晒される人々」二〇一四年七月三十日
©Human Rights Watch 2014.

いた。この時点ではまだ反政府側は、夏には穀物が溢れるほど穫れるが冬には何も実を結ばないなだらかな起伏のある田園地方にいたので、トルコの国境から戦争に巻き込まれていない村々を通って行くことができた。農民はまだ仕事をしていたし、子供たちはまだ小さなリュックを背負って学校に通っていた。小さな学校に小さな家。かつてメソポタミアがあった土地の片隅で、普通の生活が営まれていた。

二〇一二年八月、北部シリアの暑さと埃の中、反乱軍はアレッポを急襲し、激しい戦闘が始まった。その四カ月後の荒涼とした十二月、反政府軍はアレッポに通じる供給ルートのほとんどを遮断した。旧市街のような、ユネスコの世界遺産の保護地区の大半は、破壊された。アレッポで暮らしていた人々の生活も破壊された。

ここで生きていくためには重要なふたつのルールがある。ひとつは、政府軍の樽爆弾から隠れること。もうひとつは、食料を見つけること。政府側では、給料が支払われなくなり、人道支援も受けられなくなった。反乱軍側では、日々の生活が同じようにすさんだものになった。だれも停戦など気にかけない。戦時下ではもっともなことだが、犯罪と不信と悲嘆しかない。

この戦争を終わらせられるとは、だれにも思えなかった。国連が仲裁を試みたが、何度も失敗に終わった。いまこれを書いている二〇一五年の時点では、三人目の国連シリア担当特使で、かつてアフガニスタンとイラクで仕事をしていたイタリア系スウェーデン人のスタッファン・デ・ミストゥーラが、アレッポでの戦闘を停止する、あるいは「凍結する」ことを提案している。しかし、二〇一五年二月十七日の朝、デ・ミストゥーラがニューヨークの国連安全保障理事会で概要を伝えたときには、政府軍はアレッポの反乱軍の兵士たちに物資を供給する主要な道路を封鎖するという、新しい攻撃に移っていた。

デ・ミストゥーラがヨーロッパを後にしたとき、わずかながらも自信はあった。数日前にダマスカスでアサドと会ったときにこう言われたからだ。人道支援を受け入れるために六週間は爆撃を控える、と。デ・ミストゥーラも——反乱軍の残忍な行為に対し——アサドの参加なくしてはどんな政治的プロセスもない、と言った。二月十七日の明け方、ニューヨークにいるデ・ミストゥーラがアレッポ停戦計画の段取りを決める前に（その計画は、人道主義対話センターというNGOで働いているニール・ローゼンという若いアメリカのアナリストが考え出したものだった）、アレッポでの戦闘はいきなり始まった。

その後、反乱軍が反撃した。さらなる死者が、多くの死体がアレッポの泥だらけの冬の道に横たわった。デ・ミストゥーラは、安全保障理事会のホールの外に集まっているわずかな国連の記者に、胸が悪くなるような報告をおこなったが、質問は受け付けなかった。彼の前任者で戦争を終結させるベテランだったコフィ・アナンやラフダール・ブラヒミと同じように、デ・ミストゥーラも挫折したように見えた。

ニューヨークで報告書が朗読され、スイスのジュネーブ湖が望めるデスクで野心家の役人たちがあくせく働いているあいだに、アレッポの歴史はあっさりと消失していた。屋根のある市場《スーク》の歴史は古く、十五世紀に遡るもので、十六世紀の多くの支配者や宰相によって丁寧に改築されてきたのだが、そこが今回の戦いでの前線となった。二〇一二年に、ドイツの歴史家で内戦前のアレッポで発掘をおこなっていたシュテファン・クノスト(15)はこう言った。「市場のかなりの部分は、とても残念なことだが、すでに破壊されたか、これから破壊されると言わざるをえない」と。その三年後には、スナイパーがすっかり崩れ落ちてばらばらになった古い壁の割れ目で銃を構えていた。

政府軍は城砦の中に留まっていた。そこはかつてギリシア、ビザンチン、マムルークに占領された中世の宮殿で、宮殿を囲む城壁はユネスコの世界文化遺産になっていた。その壁を政府軍は防御壁として使い、スナイパーを配置し、歴史ある石にライフルを据えたのである。

昔の人々が住んでいた平和な時代に、その壁の中はどんなだったのだろう。しかしいまとなっては、歴史さえどうでもいいことのように思える。いちばん大事なのは、銃弾に当たらないようにすることなのだから。

「最悪なのは、子供に食料を与えられないことですよ」。アレッポにわたしが着いた最初の夜に、ウム・ハミドが言った。彼女は中肉中背の年齢不詳の女性で、個人を特定できるものはすべてアバヤ〔訳註　山羊の毛や絹で織られた布で作った外衣で長さは足元まである〕で隠されている。青ざめてすすけた肌で、両手は汚れ、ゴムのサンダルをはいていた。彼女の家があるブスタン・

アル＝カスル地区は、城砦とクエイク川のあいだにあり、この川には殺された住民たちが投げ入れられ、紫色に膨張した死体となって浮かんでいた。

　ブスタン・アル＝カスル地区は、いまでは反乱軍の占拠地と政府軍の占拠地の接地点になっている。スナイパーがいたるところにいるので――政府軍の建物の最上階で銃を構えている――このあたりの通りは危険だった。人々は、働くために、学ぶために――大学が政府軍の占拠地にあった――そして食料を確保するために、ふたつの占拠地のあいだを行き来しなければならなかった。市場があったが、そこはスナイパーの格好の標的でもあった。目的の建物にたどり着くには、壁が壊されてできた穴を通らなければならなかった。入り組んだ路地、小さなトンネル、近道には死の罠が待っていた。

　サラエヴォが包囲攻撃を受けていたとき、人々は動かないバスを使ったり砂袋を積み上げたりして、スナイパーから身を守ろうとした。最初は異様な感じを抱いたが、見慣れてくると、当たり前のことに思うようになった。わたしたち記者はウム・ハミドのアパートメントに行くために車を降り、頭を低くして静かに素早く移動した。車に乗り込むといつもほっとした。車の中にいても、スナイパーの銃弾やロケット弾は簡単にサイドドアや窓を突き破れるとわかっていても。

(15) http://en.qantara.de/content/destruction-of-historic-sites-syria-islosing-its-history

わたしたちのドライバーのOは、この数カ月後に同じこの車で、同じこの町で、重傷を負うことになる。骨まで砕かれた銃弾の傷から回復するのに一年かかった。

わたしがアレッポに到着したときには、どの地区も、政治的に生き延びた者と闇市の犯罪者に支配されていた。人々は板挟みになっていた。その週にブスタン・アル＝カスル地区を支配しているのがだれかわからなかった。八月には、アーラル・スルヤという町いちばんの反政府集団が支配していた。わたしが到着した日の統治者はだれなのかだれにもわからなかった。

Oが小声で言った。「質問はたくさんしないほうがいい」。彼は車の座席の下からライフルを取り出し、それをまた座席の奥のほうへ押し込んだ。わたしが、それを持ち出すのはやめて、と頼んだからだ。Oは、おまえは何も知らないんだ、とでも言いたげな顔で、無言でじっとわたしを見つめた。

雨と泥で汚れた車の窓の向こうには、ウム・ハミドのアパートメントの部屋が見えた。こちら向きの大きな窓は、中で灯されている蠟燭の火で明るかった。ニコルがまず外に出た。それからパティ、わたしと続いた。すべりやすくて寒くて暗い階段を四階まであがった。彼女の子供たちが部屋の奥で震えていた。その汚れた顔には幾筋もの涙の痕がついていた。

わたしたちは居間に寝袋を広げた。彼女の部屋の窓から見る通りは陰々滅々としていた。わずかな人々が懐中電灯を頼りに歩いていて、その人たちの足元には、水たまりのように薄黄色い光の輪ができていた。砲弾の落ちる音と、ときおりスナイパーのライフルの音がした。自由イラク軍の兵士数人が街角に集まっていた。

ウム・ハミドは本名ではなく、ハミドの母という意味だ。彼女の夫は地元のリーダーで、物事を決める人として地域の人々から尊敬され信頼されていた。ハミドの住所が、安全で信頼の置ける場所として、ある情報筋から教えられたので、そこにトルコの国境から携帯電話のショートメールで連絡した。「あなたのアパートメントは安全ですか。あなたの夫はいつ帰ってきますか。わたしたちがその町にいることをあなたの家にいるあいだだれにも知られずにいられますか。だれにも見られないように、夜になってからそちらに行きます」

彼女はお茶を淹れてくれた。それから子供たちの話をした。「夜に子供たちが目を覚ますと、一杯の水を欲しがります。でも子供たちにはあげられません」。彼女は床にかがみ込んで、汚れたグラスにお茶を注いだ。「子供が夜に目を覚ましてトイレに行きたがっても、行かれません。子供が夜に目を覚まして、爆弾の音を止めてと頼んできても、それもできません」

食料不足の問題もあった。彼女は、いまないもの、すっかりなくなってしまったもの、もう二度と手に入れられそうもないものについて話した。「戦争が始まる前、果物のなる木がありました」。憧れるような口調で言った。そして決して忘れることのない記憶をたどるように果物の名を挙げた。林檎、タンジェリン、梨、プラム、ザクロ、ジャスミン。

ブスタン・アル＝カスル地区の夜は騒々しかった。そのアパートメントには十人以上の住人がいて、咳きこむ音、泣き声、いびき、笑い声などの人の立てる音と、窓の外の発砲音、爆発音が混じり合っていた。朝、目が覚め、寝袋の中で服を身に着けていると、幼い子供がめそめそ泣き出した。外へ行きたくない、とその子はしゃがれた声で言った。怖がっていた。お願い、ママ、と言った。

ウム・ハミドは泣いている女の子を着替えさせた。手を温める手袋がないので、靴下を両手にはめた。ウム・ハミドは近所のカディ・アスカルのパン屋の列に並ぶのに、女の子も連れていくつもりだった。女の子の世話をしてくれる人がいないので連れていくしかない、ときつい口調で言った。一日中並ぶことになるかもしれない、とわたしたちに言った。

「早くパン屋に着けたら、運よくパンが買えるかもしれないわね」彼女は女の子に言った。

運がよかったら、アレッポで暮らしてはいなかっただろう。もし運がよかったら、薪ストーブの上で料理をすることもなかっただろう。運がよかったら、子供たちは外で自由に遊び、頭を少しでも出したら殺してやろうと狙っている人物のいるバルコニーを怖がることもなかっただろう。彼女の運がよかったら、夫はこの四カ月間失業することもなかっただろう。もし運がよかったら、戦争など起きていなかっただろう。

アレッポのアラブ名はハラブである。鉄あるいは銅という意味だそうだ。古代、この都市から鉄が生産された。また聖書に書かれた伝説では、ハラブは「ミルクを与える者」という意味である。アブラハムがここを通る旅行者たちにミルクを与えたと伝えられている。

しかしミルクを与える者と呼ばれた都市は、いまや永久に活動をやめた町で、戦いだけが続いている。ウム・ハミドはもう何カ月もミルクを手に入れていなかった。粉ミルクしかありません、と言った。

ようやくウム・ハミドはぐずる女の子をなだめ、その腕を取った。わたしたちは彼女に続いて階段を下りた。階段を下りながら彼女は、外で遊んでいる息子が靴ではなくゴムのサンダルを履いているのを見た。十二月のアレッポはとても寒く、灰色の泥に覆われ、冷たい風が吹きすさんでいる。彼女は息子を見つめていたが、靴下を取りに部屋に戻らなかった。靴下はもう一足もないのだ。靴もなかった。

彼女は、紫色になった息子の足元を見つめていたが、そのまま急いでパン屋に向かった。息子のためにできることはもうなくて、かける言葉もなかった。

わたしたちはその男の子を市場に連れていって、靴を買ってあげた。その靴の紐を男の子は黙って結んだ。しかし彼は子どものひとりに過ぎない。彼のようなささやかな幸運を得られない子がアレッポには何百人、何千人といる。

戦争とは、延々と待つこと。終わりのない退屈。ここには電気もテレビもない。本は読めず、友だちにも会えない。絶望が深まるが、それを癒やす方法はない。文句を言ったところでなんにもならない。だれもが同じようにひどい状態に耐えているのだ。こんな状態で恋をするなど不可能だ。というか、恋愛関係を保つことすらできない。十代の子なら時間が止まったように思うだろう。

重い病気（たとえば癌など）になっても、ここには治療薬がない。国を出て治療できなければ、ここで、とてつもない痛みを味わいながらゆっくり死んでいく。ヴィクトリア朝の病魔――ポリオ、腸チフス、コレラ――が戻っている。重病の人々がいる。平和な時代にはきわめて健康だった人たちが、重い病気を患う。四六時中咳をする音が聞こえる。だれもが咳き込む、破壊された建物の埃のせいで、病気のせいで、風邪のせいで。

昔の世界は、すっかり消えている。煙草の煙のように。もっともその煙草にしても、もはや買うこともできない。親しい友はどこにいるのか。去った者もいれば、死んだ者もいる。少数の残った者は、新たに話すこともない。友人の家に行かれない。道路が検問所で封鎖されているからだ。あるいはドアから出た瞬間にスナイパーに狙われ、すぐさま家の中に引き返すことになる。自分の殻に引っ込むヤドカリのように。あるいは、運悪く、たまたま外出した日に、政府軍のヘリコプターから落とされた樽爆弾が、すぐそばで爆発するかもしれない。

戦時とはこういうものなのだ。

町はすっかり灰色に覆われている。雲は低く垂れこめているが、樽爆弾を搭載している政府軍のヘリコプターが隠れてしまうほどではない。ヘリコプターは毎日同じ時間に現れる。朝と夕方に、高度四千メートルから五千メートルでしばらく旋回する。空にある小さな点にしか見えない。それから積荷を落とす。

戦争はどんな音がするか。爆弾が落ちてくるヒューという音が数秒聞こえたと思う間もなく、衝撃が襲う――死ぬかもしれないと思うには十分な時間だが、逃げるには足りない。

アレッポの戦争はどんなにおいがするか。カービン銃のにおい、木がくすぶるにおい、何日も洗っていない体のにおい、ごみが腐るにおい、恐怖に満ちた刺激臭。通りに積み上げられた瓦礫――割れたガラス、かつてはだれかの家だったはずの木の破片。どの街角にも壊れた建物が積み重なり、その下には死体があるかもしれないし、ないかもしれない。かつて通った学校は消滅した。モスクも、祖母の家も、オフィスも消滅した。思い出はすべて粉々にされた。

そして果てのないごみの原。墓のように冷え冷えとした部屋が――火のない冬は五回目になる――唯一のよりどころ。無人のアパートメントがたくさんある。あの美しい家。人が住んでいたときはどんなだっただろう。以前の美しい生活はすべて死に絶えた。

ごみ、汚物、恐怖、吐き気。それなしではどこにも行かれない。歯磨き粉、預金、ヴィタミン、避妊薬、レントゲン、癌の治療薬、インシュリン、鎮痛剤などはもうない。一リッターのガソリンが百七十シリアポンド。今日のところは。明日は違うかもしれない。

それから突然、凍り付くような日なのにTシャツ一枚の男の姿が目に入る。金を持っている幸運な人のためにオレンジを搾ってジュースにしているのだ。こんな状況で金を持っているのはどんな人たちだろう。すると、前から信頼している知り合いのことを邪推してしまう。しかし、人も地域も町全体も、なんとか生き延びるという普遍的テーマに従って生きていて、他人の考えなどわかりはしないのだ。

戦争は、旧市街のそばまできている。人々はプラスチックのペプシのボトルを手にして列を作っている。闇市で少しのガソリンを買うために。戦争とは、二〇一二年十一月二十一日に爆撃で破壊された病院、ダル・アル＝シーファ。そこの廊下にはいまも大虐殺のにおいが漂う。かつてはストレッチャーが進み、消毒した手にゴム手袋をはめた医師が歩いていた廊下には、燃えがらやコンクリート、壊れたタイル、ガラスなどが山積みになっている。空の砲弾が灰色の空を仰いでいる。

戦争とは、通りに散らかる空っぽの薬莢《やっきょう》。真っ直ぐに上ってきのこ雲になる爆弾からの煙。ドンというあの音がどんな種類の爆弾かを聞き分ける方法を学ぶこと。正しく言い当てられるときもあるが、間違うときもある。

戦争とは破壊。骸骨。人の生命の抜け殻。

二〇〇六年にアレッポは、イスラム教育科学文化協会が主催する「イスラム文化の都市賞」を受賞した。歴史的建造物は修復された。観光客は増えた。アレッポは新しいマラケシュになろうとしていた。気持ちのいい天候と、お洒落な高級ホテルや興味深いレストランのある、パリやロンドンから直行便で行ける異国情緒のある観光地。エキゾチックな中東の都市、金色の石でできた魅力的な建物。

アレッポはオリーブオイル石鹼と、古い都市に洗練された家が建っていることで有名だった。バッシャール・アル＝アサドの妻アスマは、すらりとした体に流行の服を着た美人で――政府軍が非武装の反乱軍を銃で撃てと治安部隊に命令する前は、アメリカの「ヴォーグ」誌に彼女の記事がちょくちょく出るようになっていた――その自由な雰囲気に誘われて、彼女の友人のデザイナーやアーティストや作家などが土地を買い始めていた。パリには、「アラブの春」が始まる直前、アレッポに美術品や家具をわざわざ買いに行くのを自慢にしている上流階級の人たちが大勢いた。抗議行動が始まってから、その人たちに電話をかけてアレッポはどうなったのか、あなたがたの土地や住まいやパーティはどうなったのか尋ねようとしたが、みなわたしの電話に出ようとしなかった。

とはいえ、こういうことは前にもあった。生活が破壊していくときの速さは圧倒的だ。上流階級の人々が訪れなくなる。水道が止まり、ガスが止まり、銀行が破綻し、スナイパーに身内が殺される。助けを求めるところがない。悲しむ間もなく、ヘリコプターが空を舞い、爆弾が落ちてくる音がする。溢れんばかりの光の中に幻覚が現れるようになる。死者とめちゃめちゃにされた人々の姿が、夢の中だけではなく、何度も何度も目の前に現れる。死体を見た者はその光景を——爆破の衝撃で脱げた靴など——忘れることはない。

それにしても、まさか当たり前のことも——生活の中で当たり前だと思っていたことも——消えてしまうとは思いもよらなかった。市民サービスが機能せず、ごみ収集の者は二度と来ない。採血する看護師たちは、病院が爆破されたために姿を消した。日々の新聞、コーヒーショップなど、普通にあるものがついにはなくなる。

何よりの望みは、ありふれた日常が戻ってくることだ。林檎を買いに店まで行く、カフェでぼんやりと煙草を吸う、大学生が心理学やミクロ経済学の講義を聴くために銃撃を受けることなく町のこちら側からあちら側へ移動する、そうしたささやかな喜びなのだ。

アレッポにいた当時を思い出すと、死にゆく赤ん坊を目にしたことがまず脳裏に蘇ってくる。わたしにも子供がいる。わたしの息子は健康で、西側の先進国で生活し、ミルクを飲み、クッキーを食べてベッドに入る。電気の明かりの下で勉強し、スキーに行き、レゴで遊ぶ。戦争を知らない。息子のヒーローは「スターウォーズ」の人物たち。善人も悪人も。ジェダイ、セネター、ダース・ベイダー、ルーク・スカイウォーカー、レイア姫。息子のヒーローは、「ジハード戦士」や兵士や、人道主義をかかげて前線を突破していく人たちではない。

苦しんでいる子供の姿は、だれにとっても耐えられないものだが、ひとりの母親であるわたしにとっては、救う手立てなく死んでいくわが子を見つめるしかできない母親たちの目を見ることは、自分が裏切り者のように思えてきてたまらなく辛い。わたしは彼女たちの苦しむ姿を目にした後、自分の家に帰れるのだから。

アレッポでは赤ん坊が死ぬのはあっという間だ。十分もしないうちに死んでしまう。医師クハレド――とても若い研修医だった――と看護師が手当てをしていた。必死になってその小さな命を生かそうとしていた。難しくはない呼吸器の感染症で病院に来たのだった。ひどい怪我などしていなかった。銃で撃たれたわけでも、爆弾の破片で動脈が切断されたわけでもなかった。

医師たちがその子の上に群れ集まっていた。まるでオリンピック競技を見ているみたいだった。クハレドの顔が緊張と競争心に満ち、そのそばにはヒジャブを被ってスニーカーを履いた女性看護師たちがいた。彼らの競争相手は時間だった。死だった。

だが、彼らは負けつつあった。彼らは死んでいく赤ん坊の遠のいていく目の光を懐中電灯で確認した。赤ん坊の脈を測り、足の裏を優しく叩いて反射反応を確かめた。

赤ん坊は死んだ。ニコルとパディとわたしは、赤ん坊の命が消えてゆくあいだずっとそばで見ていた。落ち着かない気持ちを抱きながら。ついさっきまで生きていた人が突然、どうすることもできずに死んだのだ。ニコルはカメラに手も触れなかった。パディは突っ立ったままだった。

そして終わった。赤ん坊の息が止まった。玉の緒は絶えた。

救急処置室に戻ると、痛みに喘ぐほかの人たちの悲鳴が聞こえた。大理石の床で自分の足が冷え切っているのがわかった。壁にはだれかの血の痕がある。思ってもみなかったことに、わたしは泣き出した。涙がとめどなく頬を伝ってダウン・コートに落ちた。抑えられなかった。ニコルがびっくりしてわたしを見、しっかりしてと言った。なんとか冷静になろうとしたが、だめだった。病院の必需品をしまっておく納戸として使っている小部屋に入った。ニコルがしばらくしてやってきた。

「大丈夫？」

わたしは頷いた。彼女がティッシュを渡してくれた。わたしは自分の息子のことを考えていた。息子は予定より七週間も早く生まれた未熟児だった。もしパリではなくアレッポで生まれていたら、息子はおそらく死んでいた。

赤ん坊が死んだとき、百万人が住むアレッポにはたった三十一人の医師しかいなかった。クハレドは経営者側の要請で――経営などということができるのかどうかわからないが――研修医からいきなりこの病院を率いる医師となった。彼は、病院の名前や病院のある場所は書かないでほしいと言った。市民によく利用されるという理由で、数週間前から政府軍の爆撃のターゲットになっていたダル・アル＝シファ病院のように、「爆撃を受けるといけないので」と。

戦時中に公共の場、とりわけ市民がよく利用する場所――病院、学校など――を爆弾などで狙うことはジュネーブ条約違反である。しかし、ここのだれがジュネーブ条約など気にする？

爆弾を落とすために低空飛行しているアサド側の兵士が、ジュネーブ条約を知っているだろうか。ジュネーブ条約を気にしながらおこなわれた戦争があっただろうか。

死んだ小さな赤ん坊を三角形のおくるみに包み、その小さな顔を覆ってから母親に渡したクハレドは、いたたまれないほど敗北感に満ちた表情をしていた。

検査台の横にある椅子に静かに座っていた母親も若く、目と手だけが外から見えるヒジャブを被り、分厚い茶色のアバヤを着ていた。肌はかすかに黄ばんでいた。肝臓が悪いのだろうか。黄疸だろうか。あるいは栄養不良、睡眠不足、水不足、食料不足、空気の悪さが原因か。

母親は暗くて寒い緊急治療室でかすかに震えていたが、涙が涸れ果てるほどの苦しみを味わっているようだった。虚ろだった。

母親はおくるみを、自分の赤ちゃんを、受け取った。夫がその肩に手を置いた。ふたりは立ち上がり、背を丸めながらも威厳を保って部屋から出ていった。

「問題は」クハレドは、わたしを振り向いて言った。眼鏡が少し歪んでいた。「あの子が呼吸器感染で死んだということです」。循環器感染は、ほかの国では抗生物質の大量投与をすれば何の問題もない。深刻な病気でもないし、治療ができないものではない。戦争中でなければ。

赤ん坊の両親は、命が危ぶまれるまで赤ん坊を病院に連れてこなかった。あまりに大量の砲弾が町に降ってくるので、家から病院に行く途中でロケット弾で殺されるのではないかと思ったからだ。

クハレドが求めているのは救急車だ。一台四万ドル。それがあれば負傷者や重病患者を早く病院に運び込める。「贅沢な望みじゃないでしょう? 救急車一台ですよ」と彼は言った。

同じ日の違う時刻にまたその病院に行った。同じ看護師とクハレドが仕事をしていた。さらに大勢の患者が来ていた。ひとりの女性が救急治療室に運ばれてきた。痙攣で苦しんでいた。友人が彼女を鎮めようとしても、彼女の体は激しく痙攣し、両腕と両脚は小刻みに揺れていた。彼女の身内の人たちが、彼女は生まれたときから脳性麻痺を患っているが、このところ状態がどんどん悪化している、と言った。肺に水が溜まっているので息ができない、と。彼らは彼女の両手をそれぞれ取って、落ち着かせ、慰めようとしていた。

そのとき彼女がわたしたちを見た。邪魔にならないように部屋の隅で固まっている西側の三人の人間を見て、彼女は叫んだ。「わたしが死んだら、子供たちを連れていって!」彼女はまるで虫垂炎の激痛を味わっているかのように胃のあたりをかきむしった。甲高い早口でこう言った。「あなたたちといっしょに連れていって! 連れていって!」

もうひとりの身内が彼女を引きずっていった。

クハレドは高校時代、テーブルサッカーのチャンピオンだった。女性を落ち着かせたあと、彼は眼鏡を外して瞼を撫で、休憩を取ります、と言った。夜明けからずっと仕事をしていたのだ。二十四時間交代だった。

彼は四階ほど階段を上り、病院の屋根に近い、ほとんど放棄された狭い場所に行った。爆撃されるので屋根の近くにはだれも近づきたくないが、この医師はこの場所でシフトのあいだ眠り、食事をしていた。ついてきてください、と彼は言った。最上階にはテーブルサッカーの台があった。古いが、まだ動かすことができた。テーブルサッカーをヨーロッパの子供たちはこよなく愛している。クハレドは台に向かうとつまみを動かした。笑みに似たものが彼の顔に表れた。

看護師のひとりが豆のスープを作り、もうひとりがパンを持ってきた。病院を動かすためにはふたつのものが要る。ガソリンは自由シリア軍から手に入れている。ガソリンがなければ手術をするために必要な電気を作る発電機を動かせない。患者の体を明るく照らすヘッドランプが使えない。

そしてもうひとつはパンだ。

「ささやかな奇跡に感謝しています」と医師は言って、スープをスプーンですくった。味は悪くなかった。濃厚で、そしていちばん大事なことだが、熱々だった。

医師は赤ん坊のことや、この町や戦争のことを話したがらなかった。「ここ以外のことを考えるのが好きですね」と言った。赤ん坊については、平和なときだったら生きていたでしょうとだけ話した。

部屋にはわたしたちと、小さな女の子がいた。地元の有名人だった。彼女は歌手だった。デモのときに兄弟姉妹が彼女を群衆の前で行進させると、彼女は驚くほど澄んだ声で抵抗の歌を歌った。いまその子は、だれかが渡してくれたスープを食べ、それから歌い出した。だれもがその歌に合わせて手を叩き、拍子を取った。彼女は目を閉じて両手を高く掲げ、トランス状態に入っているような動き方をした。

クハレドも歌っていたが、疲れているようだった。しばらくして彼が、「もう限界だ」と言って、階下にある入院患者用の簡易ベッドで眠るために下りていった。「また明日」

この一年後、クハレドは結婚していて、若妻はトルコで出産したばかりだった。わたしは電話で彼に、シリアで感染が広がっていたポリオが鎮静したかどうか尋ねた。彼は、赤ん坊のおかげで希望が持てるようになったと言った。「シリアには希望はほんのわずかしか残っていません」と言った。

「アレッポに帰るんですか？」

「あそこから離れるなんてできませんからね」と彼は応じた。

イスラム教徒が一日五回おこなう礼拝をサラートという。一回目のサラート・アル＝ファジュルは、夜明けにおこなう。二回目のサラート・アル＝ズフルは太陽が真上を通過したあとにおこなう。三回目のサラート・アル＝アスルは、日没までにおこなう。四回目のサラート・

アル＝マグリブは日没直後におこなう。そして五回目のサラート・アル＝イシャーは日没から深夜のあいだにおこなう。

イスラム教徒は五行と呼ばれる務めを果たさなければならないが、このサラートはそのひとつだ。ほかにもシャハーダ（信仰告白）、ザカート（喜捨）、サウム（断食）、ハッジ（巡礼）がある。しかし、戦時でも平和時でも、日常生活においてサラートより重要なものはない。

塹壕の中にいる兵士たちや畑に出ている農夫たちが、立ち止まって祈りをあげるのを見たことがあるし、わたしの通訳が仕事の最中に、中断を詫びて祈るために席を立ったこともあった。

わたしたちはウム・ハミドのアパートメントから別の地区にある安全な家に移った。そこは自由シリア軍の兵士や活動家が住んでいた。男たちは恭しく祈りをあげていた。広い部屋にみなで集まって祈り、食べ、話し、その合間にコンピューターで戦略を練っていた。

ニコルとわたしがトイレを使うために――地面に穴が掘ってあるトイレではなく、幸いにもセラミック製の清潔なトイレだった――あるいはガソリンがあればストーブの上でお茶を沸かすために歩き回っても、男の人たちはひっそりしていた。食事のときわたしたちは、あてがわれた部屋の中にいなければならなかった。近所の女性がお盆に載せた料理を部屋のドアの外側の床に置いていくので、それを取ってきてベッドに腰掛けて食べた。わたしたちは囚人ではなかったが、シリアで女性であるとはどういうものかわかった気がした。

その日、葬儀があった。正午近くに――太陽はまったく出ていなかったが――ムアッズィン

〈礼拝の時間を告げる人〉の声が、灰色の冷たい空に響いた。サラー・アル＝ディンのそばにある「殉教者の地」と呼ばれる墓地に、ムハンマドという男性が祈るためにやってきた。彼はこの墓地で毎日働いていた。赤毛の幼い息子を墓地に連れてくるときもあった。ショベルで地面を掘り起こし、血まみれの毛布に包まれた遺体を下ろし、それに土をかけるので、膝の上まであるゴムの長靴を履いていた。

死に囲まれている赤毛の男の子が、わたしには気がかりだった。大きくなって――もし無事に生き延びたら、今日を、この週を、この月を、この年を、うまく乗り切っていけたら――子供時代を思い出したとき、このことを忌まわしく思うのではないか、と。

ムハンマドといっしょに働いている宗教指導者シェイク・モイジンは、時には頭部のない遺体もあります、と言う。顔のない遺体もあります、と。

「息子さんはそれを見るんですか」わたしは穏やかな口調でムハンマドに尋ねた。彼は戸惑ったような顔をした。

「あの子は平気ですよ」とムハンマドは答えた。「死は生活の一部です」

でも、戦時中でないときは、違う。

墓地の一部はかつて公園だった。しかしアレッポの死者の数が増え、広い埋葬場が必要になった。二〇一五年一月、国連が発表した試算によれば、紛争開始以降のシリアにおける死者の総数は、二十二万人にのぼる。いや、もっと大きな数字をあげる団体もある。

アレッポでは、遊び場だったところが墓地になっているのは当たり前のことだ。感傷はひとまず忘れて、土地があれば子供の遊び場より遺体の埋葬場所に使われる。パリの家のそばにある、わたしがパリにいるときに考えごとをしながら散歩したり、春になれば自転車に乗ったりして通るモンパルナス共同墓地や、父と姉とふたりの兄が埋葬されていて、クリスマスやイースターやそれぞれの誕生日になると母が訪れて、花束や花輪《リース》を捧げるアメリカの墓地とは全く違うのだ。戦時中の死者が葬られるのはこういう墓地だ。

「死者を埋葬するのが私の義務、神から与えられた仕事です」ムハンマドはあっさりとそう言った。まったく沈着冷静だ。この仕事をしていて怖い夢を見たことは一度もない、死者を怖れたこともない、と言う。

赤毛の息子は――わずか四歳だそうだ――父親がショベルを持っていないときはずっとその手を握りしめていた。幼い男の子は、無数の死体を、捻《よじ》れて砕かれた子供たちの死体を、最期の瞬間の苦しみに歪んだ死者の顔を、思い出すことはないのだろうか。

「死は死です」シェイク・モイジンは言った。「死者は人を痛めつけませんよ」

ある日ムハンマドを訪ねると、彼が埋葬していたのは一時間前にはまだ息をしていた男性だった。イスラム教徒たちは死者を死んだ日の日没前に埋葬しようとする。死者の名誉を称えるために。湯灌《ゆかん》させ、白い死装束を着せる。葬儀の祈りを唱える。頭がメッカの方向を向くように埋葬する。しかしいまは戦時下だ。二時間前、この男性は前線で戦っていた。そのとき爆弾で吹き飛ばされた。彼の命は蠟燭の火のようにかき消された。

それで湯灌されることもなく、だれかが持ってきた血まみれの毛布に包まれただけだった。友人たちが墓地に彼を運んできた。ムハンマドが掘った墓のそばで死者を見送る人は三人だけだった。

その死者は、体は布に包まれていたが、顔は剝きだしになっていた。金髪、愉しそうな表情、歯はかすかに出っぱっている。目のまわりに紫色の痣。被爆のせいだろうか。わたしの質問にムハンマドは肩をすくめた。そして三人の友人に、祈りをあげるように言った。

「笑ってるな」祈りが済んだあと、友人のひとりがようやく口を利いた。「殉教者が笑ってる」

聖戦で殺された者を殉教者という。聖なる殉教者《シャヒード》。

「笑ってなんかいない」別の友人が異を唱えた。「びっくりしてるんだ。知らないうちに爆弾がいきなり飛んできたから」

「いや、そうじゃない。この殉教者は笑ってるよ」

「もし笑ってるのなら、天国に行ったってことだ」三人目が言った。

墓掘人ムハンマドは穏やかな声で言った。「われわれにわかるのは、彼がアレッポを去って行ったということだ」。そして最後の土を墓の上にかけ、闇の中に閉じこめた。


サラー・アル＝ディンで、わたしたちはお茶を飲んで温まり、そこから破壊された旧市街へ車で向かった。ひとりの男性がおなじみのペプシのボトルでガソリンを売っていた。パジャマを着た幼い女の子が彼のそばを歩いていて、片手で弟らしい男の子の手を引いていた。まだ五歳にもなっていないようだった。どこに行くの？　と問うと、食べ物を探してきなさいって言われたの、とその子は答えた。

黄色い冬の光の中、わたしたちのいるアパートメントの近くのごみ捨て場に、ごみを漁る人たちが集まってきて、生き延びる助けとなる物を求めて、山のように積み重なったごみを拾っては調べていた。子供たちは薪にするために公園の木々を切り倒していた。たくさんの切り株が陰気で、グロテスクだった。普通なら南国のプールサイドで見られるビーチサンダルを、子供たちは履いていた。靴下もなかった。氷の上や凍結した泥の上を歩くたびにすべった。

その日、暗くなる前に、わたしたちはカディ・アスカール地区でパンを求めて並んでいる人々のところに行った。そこに並んでいる人々は、その朝並んでいた人々と同じだった。いまはもっと体が冷え、空腹になり、怒りを覚えていた。パン屋の店自体には有刺鉄線が張り巡らされていた。飢餓状態の人々が何をするかわからないので、人を近寄らせないためだった。食料を待っているときの人々の表情には絶望感が滲み出ていた。本を持っている人も何人かいたが、ほかの人たちはただ虚空を見つめ、虚《うつ》ろで、やるせなさそうだった。

雨が降っていた。肌を刺すような冷たい大粒の雨が降っていたが、傘を持っている人はわずかだった。

その翌日の十二月十七日、気温は零度以下になった。サラエヴォの紛争のときを思い出した。アレッポには、サラエヴォのときのように、この町で起きていることをすべて記録している人はいないのだろうか、と思った。だれが生き、だれが死に、その日の気温と投下された爆弾の数、だれがどの土地を奪ったかを記録している人。「死者の書」を書いている人はいないのだろうか。

その日、新聞もテレビもラジオもインターネットもないアレッポでは、住民たちとの話から、自由シリア軍がまだ町の六十パーセントから七十パーセント近くを支配していて、町の外の古い砦を奪取するために戦っていることがわかった。そして爆発が起きるたびにパン屋で行列している人々の体がかすかに動くことに気づいた。人々が銃声にもはや反応しないということにはぞっとさせられる。その音に住民たちがいかに慣れてしまっていることか。

このときわたしは、アレッポの人々が戦争にうんざりし疲れ果てていることは知っていたが、二年後にまったく同じことが起きているとは予想だにしなかった。二年経っても戦争は終わっていないのだ。

似たような話ばかりだった。「部屋に入ったら、そこに銃を持った政府軍の兵士がいたんだ」と、わたしのそばで並んでいた負傷した自由シリア軍の兵士アハメドが言った。「ぼくは相手を殺せなかった。だから奴はぼくを殺そうとした」。アハメドはそこで言葉を切って、自分の半分しかない脚を見た。彼は自分と同じ年齢の若者を撃てなかったのだ。違う世界にいたなら、同じクラスで机を並べていたかもしれない相手だ。アハメドが躊躇っているのを見た相手は彼を撃ち、それで彼は片足の半分を失った。

「なかなかいい話だと思わないか？」アハメドはそう言うと、痛みに顔をこわばらせ、顔をそむけた。


パン屋の行列で人々の話すことといえば戦争の話だけだった。

「わたしはここに五時間並んでる」

「俺は六時間だ」

人々は知り合いの顔を探し求めた。以前からの知り合いを、近所の人々を、おじやおばを、いとこやはとこを。もう知り合いはだれもいなかった。わたしはスターリン時代のことを考えた。詩人のアナ・アフマートワが行列について書いていた。長い列と、自分の愛する人物が列に並んでいる姿を見るのが痛ましかったこと、そして彼らの顔に深い悲しみが刻まれていたためにだれなのか見分けがつかなかったことを。

ここは唯一の「反乱軍側のパン屋」だった。つまり、政府が運営しているパン屋ではなく反政府側の人々が経営していた。人々は空腹だからここに来ているのであって、政治的な理由から来ているのではないが、それでも人々は――アサドに対してだけでなく――反政府側の指導者にも腹を立てていた。人々は反政府側の指導者に怒り、指導力が欠けていることに怒り、西側諸国に怒り、アサドを支持している中国とロシアに、「髭を生やしている男たち」に怒っていた。髭を生やしている男たちとは、過激なジハード主義者たちのことで、間もなく彼らはイスラム国に取りこまれていく。

人々は、おんぼろの車の中にいるわたしたち記者にも怒っていた。香港出身のニコルは、髪をヒジャブで覆っていても顔は見えているので、人々はその顔を見て怒った。ロシアとともに中国は、国連安全保障理事会で対シリア決議案を拒否したのである〔訳註　二〇一一年十月四日、シリア政府が反政府デモの弾圧をやめなければ対抗措置を取ると警告する内容を含む決議案の採決をおこなったが、中国とロシアが拒否権を行使した〕。彼らは叫び、わたしたちの車の窓をドンドン叩いた。

ニコルと国連安全保障理事会に何の関係があるというの？　何の関係もないのに。

それでも、群衆の怒りは凄まじく、ドライバーのOはライフルに手を伸ばした。そっちのほうがはるかに怖かった。もし人々に銃を向ければ、彼らもこちらに銃を向ける。銃から手を放して、とわたしは言った。パディは落ち着いた声で彼を説得した。わたしたちはようやく車から降り、小さなトンネルを作ってわたしたちを通そうとしてくれる人々のあいだを抜けてパン工場に駆け込んだ。

その男性もムハンマドという名で、戦争前は車の修理工だったが、いまはパン屋を経営していた。パン作りは感謝されない仕事だ。パンが膨らまなかったら、発動機を動かすガソリンが届かなかったら、十分な量のパンを売らなかったら、人々の怒りの矛先は彼に向く。アサド政権からは、パン屋を続けるなら誘拐して拷問して殺すぞ、という脅しが来ていた。ところがその言葉に従わなかった、パンを焼くのに忙しくてね、と彼は言った。

彼は肩をすくめて言った。「パンを膨らませなければならない。だから働き続けているんだ。それにパンが膨らむのに五時間はかかる」。彼はズボンに付いた小麦粉を払い、粉をこねる巨大なこね鉢のところにわたしたちを案内した。彼は、アサドの殺し屋も、脅迫している犯罪者も、自由シリア軍の威張り屋ですら怖くはない、と言った。かつては工場だった広い洞穴のような部屋で、毎日夜明けとともに起き出してパン作りを始める。まず発動機を動かし、機械を動かし、小麦粉と水を混ぜてこね、荒れてがらんとした場所を見渡す。

ここで働いているのは五人しかいない。賃金を払えなくなったので、前線の近くを通ってわざわざここに働きに来る者はいなくなった。設備も古かった。

「あんただってこんな戦争みたいな危機の中にいたら」とムハンマドは言った。「働きたくなるもんさ。さもなければ一日中ずっと、戦争のことしか考えられなくなる。だったらパンのことを考えるほうがまだましだよ」。ムハンマドと彼のチームは一日にパンを一万七千袋作っている。袋の中にはそれぞれ、平らなパンが十四枚入っている。このパンがアレッポを生かしている、と彼は言った。

殺すという脅迫が来る前、「政府は俺に、パンを作らなければ金を渡すと言ってきた。パンがなければここの住民が餓死するからだ」。いま彼は自由シリア軍に守られている。「彼らに守られていなかったら、とっくの昔に殺されてたよ」とムハンマドが言った。自由シリア軍は、小麦粉と塩、発動機を動かすガソリンも調達している。

われわれの生活は、ガソリンを手に入れられるかどうかにかかっているんだ、と彼は言った。そして疲れ果てた声で続けた。「想像してみてくれ。俺の一歩一歩が、俺の行動のひとつひとつが、ガソリンを手に入れられるかどうかにかかっているんだよ。手に入れられる以上、この町の人々を食べさせなければならない。一日も休まずにだ」

黄昏時に、窓からピンク色の光が差し込んできた。もう夕暮れが迫り、狼の時間だ〔訳註 夜から夜明けまでの時間のことで、民家のドアの前に狼がいると言われている〕。星がかすかに瞬き始めた。

その日の朝早く、わたしたちは防弾チョッキとヘルメット、二日分の必需品（水、栄養食品、緊急時に毛布として使うアルミニウムがコーティングしてあるビニールシート、救急医療セット）を入れたリュックを引っ張り出し、それを〇のおんぼろの車の後ろに入れた。そしてわたしたち三人はザルズール病院に向かった。

最初、主任医師は友好的だった。わたしと話すために部屋に招き入れたが、ぎしぎしする冷たい革椅子に腰を下ろすと、医師は捨てられた動物のような目でわたしを見た。医師は一日中、そして夜もずっと働いていたのだ。体全体から、すっかり打ちのめされ、疲弊しきっていることが伝わってきた。目の下にできている半月のような隈や、両腕をだらりと下げた態度からも疲れ果てていることがわかった。仕事の疲れが、彼の身体を貫通していた。

「このひと月のあいだに何百人もの人がミサイル攻撃で亡くなりました」彼の声は怒りで大きくなった。「国連はどこにいるんです？　いつになったら、国際社会はわれわれを救うために来てくれるんですかね」医師は、国連が病院には爆弾を落とさせないようにする、と約束してくれたと言った。

でもわたしは国連の人間ではない、と抗議したが、彼に遮られた。

「それなのに、奴らはいまも爆弾を落としてる！　相変わらず病院に爆弾を落としてるんですよ！」

何か言おうと口を開いたが、どんなに弁解しても無駄なのだ。わたしは口を閉ざした。医師は前かがみになると、こちらに少しだけ身を寄せてから指をわたしに突きつけた。

「彼らはどこにいる？」厳しい口調で言った。「国連はどこにいる？　だれがわれわれを助けに来る？」

「国連は来ません」わたしはようやく言った。「人に頼っても無駄です。自分で解決しなければ」

彼は長いあいだわたしをじっと見ていた。それからいきなり立ち上がった。そしてドアのところに行くと、帰ってくれ、と言った。身の回りのものをまとめたわたしは、困惑しながら立ち上がった。廊下を歩いていくわたしに向かって彼は怒鳴った。「国連の役人ひとりだけだ。

ここに来て約束したのはたったひとりだけ。しかもそいつは何にもしなかった！」

わたしが廊下を歩いていくあいだずっと、医師は怒鳴っていた。「だれも何もやろうとしない！　あいつらは何でも約束するが、何もやらない！　もうたくさんだ。これまでもずっとそうだったが、これからもずっと同じだ。助けは来ない」

わたしは彼に言いたかった。わかってる、わたしたちは何もしてこなかった。そしてシリアの人々とわたしたちのあいだに大きな違いがあることを、わたしたちがわかっていることが、最悪な点なのだ――シリアの人々は、アレッポやアムス、ドーマ、ダーライヤーに閉じ込められて身動きできずにいるのに、わたしたちはすぐにでも出ていくことができるし、ここを去れば電気とパンのある家に帰っていくことができるのだ。それで、人として後ろめたさを感じ始める。

その夜、懐中電灯で照らされた暗いアパートメントで、わたしは若いアメリカ人ジャーナリストと会った。カーリーヘアに眼鏡、子供のような太り方をしていた。愉快な男性で、わたしたちより陽気そうだった。パン屋での一日から解放されたわたしたちよりは。名前はスティーヴン・ソトロフといった。彼はバラクというワシントンから来た調査員とふたりで旅をしていた。ふたりともアラビア語を話し、協力して仕事をしていた。

スティーヴンはイエメンで暮らしていた。そこの旧市街でアラビア語を学んだ。寂しいところだった。一文無しだったので、ポテト・サンドイッチを食べていたという。彼とバラクは喧嘩したり冗談を言い合ったりした。まるでローレルとハーディ〔訳註　アメリカのコメディアン〕そっくりだった。

スティーヴンはイエメンからリビアのベンガジに移った。「ベンガジで暮らしていたの？　だったら映画をどこに観に行くの？　どこでデートするの？」とわたしは訊いた。

スティーヴンはゲラゲラ笑い、俺の人生は、ほかの外国の通信記者と同じように、めちゃくちゃだよ、と言ってから、「あなただって、シリアにつきまとわれたくないとは思ってないだろ？」と訊いた。

ジェイソンという名のカメラマンもその部屋にいた。彼はロシアに関する非常に美しい本を共同編纂していた。きちんとした身なりで――分厚い上着、帽子、防寒用手袋――椅子に静かに座っていた。イスタンブールの自宅からガジアンテプまでバスで旅行したことがあると言った。ジェイソンは自分のカメラを膝に載せて座り、みんなを見ているばかりで何も話さなかった。

しかし、スティーヴン・ソトロフはよく喋った。空腹だというので、わたしは彼にフリーズドライの食料をあげた。食欲をそそらない銀の小袋にヨーグルトとミューズリ〔訳註　シリアルの一種〕が入っているものと、チキンが黄色いソースの中にあるもので、パリのサンジェルマン近くのキャンプ用品店で買ったのだ。彼はそれをむさぼるように食べた。いけるね、と言った。

　スラングを多用する話し方や、アレッポでアメリカ人ならではのやり方をしていることが微笑ましかった。言葉の並べ方、表現の仕方、子供のような好奇心。わたしは寒さと不安と胃のあたりに忍び込んでくる恐怖を忘れた。

　スティーヴンとジェイソンは金のかからない旅行をしていたので、乗せてくれる車を求めていた。それでいろいろな車の後ろに飛び乗ってきた。わたしたちの手配師はハンサムで神経質なAという男だった。スティーヴンもわたしも、彼のことを信じ切ってはいなかった。名前、年齢、兵士としての過去の行動といった、Aに関するあらゆる情報が曖昧で不透明だった（彼がいま反乱軍で戦っているのかどうか、もし戦っているのなら、どの旅団に属しているかわからなかった）。フランスのカメラマンがAの名前を教えてくれて、わたしがAに連絡して、会える段取りをつけた。Aは絶対にわたしたちの身の安全は守る、とこれ以上約束できないほど強く約束した。それでも、わたしは彼を信じ切ってはいなかった。

　それはニコルも同じだった。ニコルはまだ二十六歳だったが、鋭い勘の持ち主で、シリアで、とりわけアレッポで長い時間を過ごしていた。ニコルは若いけれど賢者の霊感が備わっていた。真面目で、物静かで、控え目だった。アレッポにいるのは戦争を記録し、写真を撮るためだと彼女は言ったが、本当の目的は、彼女の友人で誘拐された若いジャーナリスト、ジム・フォーリーを探すことだった。

彼女には情報の断片がいくつかあり――ジムが誘拐される九週間前、彼女は国境のトルコ側でジムをずっと待っていた――探偵のようにその断片を繋げて、ジムの最後の日の最後の時間を突きとめ、ジムを帰国させるためにもっと多くの情報を集めようとしていた。彼女はジムのことをよく話した。そして話すときの口ぶりから、ふたりの関係が慈愛に満ちていて、彼を探したい気持ちが伝わってきた。ニコルはジムを兄のように愛していた。

ここにはもうひとり若い女性がいた。美しくて官能的なシリア人の娘で、髪は長く、目のまわりにコール〔訳註　アジアや中東の女性がするアイシャドー〕を施していた。フランス人が「果肉みたいな」と言うタイプの女性で、話し方も身のこなしも肉感的だったが、それは生来のものらしかった。彼女はわたしのこんがらがった髪を、ミトン手袋をはめた両手で挟んで、梳《と》かそうとした。わたしに口紅やアイライナー、ヘアブラシを貸してくれた。

Aは、わたしたちが前線に到着する数日前に親友を亡くしていた。ひどく涙もろくなり、発動機を動かすために裏のパティオに出ていくときや、アレッポの状況を説明するときなどに、不意にわっと泣き出した。煙草をひっきりなしに吸い、食事をしていないように見えた。お茶を立て続けに飲んだ。お茶に角砂糖を入れてかき回し、がぶりと飲み、そしてまたお茶を注いだ。

親友の葬儀の夜、Aとシリア人の娘は、ジェイソンが眠るときに使っていた椅子のある居間でずっと起きていた。ふたりが一晩中泣いたり笑ったりしている声が聞こえてきた。

ふたりがいっしょにいるところを見れば、ふたりともに心身の疲労が溜まっていることがわかった。わたしたちが「食事」（フリーズドライ食品のホイルパック）を食べていると、Ａが心が粉々になったと言ってまた泣き出した。今回はいつまでもすすり泣いていた。

「もうたくさんだ」彼は英語で言った。今度は大きな声で言った。「たくさんだ」。発動機は――また――壊れ、部屋が暗くなった。Ａはビーチサンダルを履いて、雨の中をパティオに出ていき、発動機を動かそうとした。動かせずに帰ってきた彼は、打ちひしがれていた。「朝になったらガソリンを手に入れる」そう言って椅子に腰を下ろし、一言も話さなかった。

その夜、ふたりは遅くまで起きていた。テーブルにはロースト・チキンの半身があった。Ａが暗い通りに出ていって、物売りから買ってきたものだった。油にまみれたチキンは、埃だらけのテーブルのパラフィン紙の上に置いてあった。

ふたりのシリア人は寝袋を隣り合って並べ、横になると顔を見つめながら囁いていた。恋の戯れなのかと思ったが、娘には前線のどこかで戦っている恋人がいて、反乱軍の強い指揮官だと言っていた。自分を女性革命家だとも言っていた。しばらくして、わたしが眠りに落ちようとすると、ふたりが煙草を吸う音が聞こえた。煙草の箱をくしゃくしゃにする音、マッチを擦る音、煙を深く吸い込む音、吐き出す音、笑い合う声。午前二時だった。外では銃声がまだ続いていた。そして迫撃砲がどこかに着弾した音がした。ようやくわたしが眠りに就いたのは、娘が再びすすり泣いているＡを慰める囁き声を聞いてからだいぶ経ったあとだった。Ａは強い戦士どころか、子供のようだった。

その数週間後に、Aは車に乗っているところを殺されることになる。座席の下に拳銃を忍ばせていたが、何の役にも立たなかった。反乱軍内の派閥にかかわる犯行だった。復讐によるものだったのかもしれないし、強盗に遭ったのかもしれない。だれにもわからないようだった。そしてさらにひどいのは、だれもそのニュースに驚かなかったことである。

わたしたちを車に乗せてアレッポまで往復したり、パン屋の行列のところや、旧市街に乗せていってくれたドライバーのOも、車を運転しているところを銃で撃たれて重傷を負った。しかし彼は生還した。

わたしは例の美しいシリアの娘に手紙を書いたが、返事は来なかった。何カ月も経ってから、彼女から電子メールが届いた。なんとも不思議な、支離滅裂の内容だった。ホムスのどこかで会ってくれないか、という依頼だった。そのメールに、日時と場所が書いてあり、そこで待っているとあった。罠のような気がした。それで返事を書かなかった。わたしは怪しいと思っていた。シリアからメッセージが来ると、だれもが神経質になった。それ以来、彼女に会うことはなかった。ところが、それからだいぶ経って、彼女からまたメールが来て、メッセージを送ったことはない、と書いてあった。それは外国人をおびき寄せて誘拐するヌスラ戦線、後のイスラム国《ISIS》のやり方だ、と人から聞いた。

Aが殺害されたことをメールで教えてくれたのはスティーヴンだった。「ぼくは驚いてないよ」と彼は書いていた。「Aのオフィスに入っていくとき、なんだかいつも居心地が悪かった。彼はターゲットにならざるをえない事情があったんだ。この町の人々はこの混乱状態にうんざりしている。そして、彼のようにジャーナリストに協力する人間に対しては否定的なんだ。ぼくも同じようにこの戦争で多くの友人を亡くした。この知らせをきみに伝えなくちゃと思ってね」

スティーヴンとわたしは、なぜAが殺されたのか理解しようとして親しくなっていった。死んだときAは何をしようとしていたのか。だれが彼を消したいと思ったのか。

スティーヴンは、自分はブラックリストに載っていると語っていたが、シリアに戻りたがっていた。彼が何かを書いたことで反乱軍はずっと彼を追っている、とも言っていた。何も書いちゃいないのに、とも。

彼はミシガンにいて、そこからメールを送ってきた。ミシガンで彼は「テキサスの石油業者たちを前に」リビアについて講演をした。それで、ちょっとばかり寄り道してマイアミにいる家族に会いに行ってから、戦争を取材するために戻る、とあった。フェイスブックでも「自分の精力のすべてをシリアに投入したい。ぼくは四月初旬にはアンタキヤにいなくちゃならない。夏のあいだはそこにいるつもりだ。ラッカ(16)、ハサカを見に行くことにした。北部のハマーとホムスにも行くよ。(略)レイプ問題できみといっしょに仕事をしたいと思っている。(略)

でもきみが言うように、男がこの問題で地元の人から話を聞くのは難しいよね」とわたしにメッセージをよこした。

四月十六日。彼は、再び現れましたよ、シリアのクルド人居住地に行く準備をしています、と言っていた。わたしが取材を続けている性暴力の企画に加わりたいと言っていた。彼は金銭的に困っていた。後ろ盾もよりどころもなしにひとりで旅行するのは怖いと思っていた。そして何かのリストに載っていることも知っていた。「どうやら国境の馬鹿どもは、リストにぼくとバラクの名を載せているらしい。なんとか国境を越える手段を見つけるつもりだ……」と書いている。

あなたたちがどうしてリストに載っているのか、とわたしは訊いた。

「ディル・シファの爆撃(17)の責任者として告発されているので、載っているのだと思う」と素っ気ない返事が来た。「シリアに入ったのはその事件からずっと後のことだったのに」

それなら行ってはいけない、とわたしは言った。みすみす戦争に呑み込まれに行くようなものだ、と。

「こっちが呑み込んでやるよ」という返事が来た。

(16)ラッカは二〇一四年に、いわゆるＩＳ、イスラム国の首都になる。

(17)ディル・シファは、二〇一二年一一月にシリア軍によって爆撃され破壊されたアレッポの病院。これによって地元の人々はひどく狼狽し、外国人に不信感を抱き、怒りを覚えることになる。

彼はまったく怯んでいなかった。たとえ怯んでいても、そんな様子は見せなかった。

二〇一三年三月にアレッポで、わたしたちの友人が殺されたあと、彼は短いメールをよこした。「みんな殺気立ってる。ジェット機から爆弾が落とされるのを携帯電話でいまも録画している。そこいら中に死があっても、自分は無敵だと簡単に信じちゃうんだ。『これが俺の映画だ、この野郎、俺は死ぬつもりはねえよ!』って感じだ……。さて、明るい話を。アブダラで会ったときに持っていた食料はどこで手に入れたんだい? あのアブダラのキッチンで食べたアルミホイルの中の食料、すごくいい感じだったから、本気でもうちょっと食料をグレードアップしたい」

スティーヴンはいったん自国に戻り、七月二十五日に興奮した様子でメールをよこした。「やあ、ママ・G。トルコに戻ってきた! アレッポ病から立ち直れたかな? ぼくは来週の初めにアレッポに行くよ!」

彼は、わたしがシリアに行って取材費用を分担するのを期待していた。ところがわたしのほうは、その夏はアレッポに行ける状態ではなかった。息子の成長が著しく、これまでその成長をきちんと見届けることができなかったのでそばにいたかった。わたしはスティーヴンに、無事を祈っている、この夏は息子といっしょに過ごすことにした、秋にはそちらに行くから、そこで会いましょうと伝えた。

「ふたりとも、楽しんでね」という返事だった。そしてお勧めの映画とアイスクリームを教えてくれた。最後に彼から連絡があったのは、失踪する数日前のことだった。

大勢の人が誘拐されていた。あるとき、シリアに入るとケイラ・ミューラーという名の若いアメリカ人女性に会った。シリアの子供たちを支援するためにアリゾナから到着したばかりだった。ケイラは、わたしのシリア人の友人といっしょだった。そして、この人はわたしの婚約者なの、と言った。彼女は快活で若く、繊細で感じがよかった。シリア難民と仕事をするという試みは、この先彼女が進んで取り組もうとしていることらしかった。でも、だれといっしょに仕事をしているかと訊いても、教えてはくれなかった。その数日後、彼女も誘拐されることになる。

ケイラは、ラッカへの爆弾攻撃の際に亡くなった。二十六歳だった。イスラム国に誘拐されて連れて行かれたのがラッカだった。ケイラはわたしの友人と結婚することなく、子供を持つこともなく亡くなった。助けたいと思っていた難民たちの支援活動をおこなっていただけなのに。

二〇一三年八月六日午後二時十四分に、スティーヴンのフェイスブックのアカウントから連絡があった。書いていたのは彼の友人のバラクだった。「やあ、ジャニーン、スティーヴンの友だちのバラクです。スティーヴンは二日前に、アブダラの友人ユスフといっしょにシリアに入り、暗くなって外出しました。Sロジスティックス(18)の噂では、ユスフは行方不明です。

シリアにいるユスフの友人に連絡を取れますか。このことは、ほかの人には言わないでください。まだだれも知らないことですから」(19)

間もなく、スティーヴンが誘拐され、イスラム国に売り渡されたことがわかった。そして一年間監禁されていた。彼の家族は沈黙し続けた。誘拐した者たちに、スティーヴンがユダヤ人であること、イスラエルで学んでいたことを知られるのを怖れたからである。たとえ、彼がイスラエルの現政権の考え方を信じているわけでなくとも。彼は、同じように誘拐されたヨーロッパの人々――ジム・フォーリーもその中にいた――と同じ牢獄に入れられていた。スティーヴンとジムはほかの囚われた人々と手を組んだり、喧嘩をしたり、泣いたり、ほかの国の者たちが政府が身代金を払ってくれたので解放されていくのを目の当たりにして苦しんだりしていた。スティーヴンとジムは、アメリカ合衆国がテロリストに身代金を払わない方針であることを知っていたので、自分たちが解放されないことはわかっていたはずである。

二〇一四年九月、スティーヴン・ソトロフを殺したのは、イスラム国の「髭の男たち」だった。かつてスティーヴンはイスラム国の男たちのことをわたしに話すときそう呼んでいた。あのにこやかで笑い声の絶えない青年、よく冗談を飛ばし、大好きだったマイアミのバスケットチームのスコアを欠かさずチェックし、聡明で面白いメールを書き、男の子を育てるためのアドバイスをくれ、心優しい仲間であり友だちだったスティーヴンが、首をはねられて殺されたことが、いまもって想像できない。

ジム・フォーリーも、ニコルの必死の捜索にもかかわらず、家族の絶え間ない調停にもかかわらず、数週間前に斬首された。

ふたりが殺された場面を写したビデオをわたしは見ていないし、とても見ることなどできなかった。でも、殺される前の、オレンジ色のジャンプスーツを着たスティーヴンの写真は見た。すっかり痩せていた。彼の顔はもう前のように丸ぽちゃではなかった。眼鏡をかけていなかった。いろいろな思いが脳裏を駆け巡った。彼は、トルコではこのジハード戦士みたいな髭のせいで、女の子にモテそうもない、と冗談を言っていた。

そして写真の彼に髭はなかった。好奇心の強さや若さはもう残っておらず、消耗だけが、染みついた疲労だけがあった。シリアの砂漠の中で跪いている彼は、小さく、弱々しかった。

スティーヴンは美しさで評判の異国の地で、見知らぬ者たちに囲まれ残忍なやり方で殺された。

ニコルとわたしはこの春にアレッポに戻った。そして、さらに過激になり、さらにイスラム色の強くなった若者の集団の中で過ごした。もはや通りは危険過ぎて歩けなくなっていた。外国人のわたしたちですらターゲットになった。わたしたちは食事をするためにあてがわれた

(18)シリア内のジャーナリストと救援活動家たちのための個人用フェイスブック。
(19)著者とスティーヴン・ソトロフのアカウントとの個人的なメールから。

部屋に留まっていなければならなかった。相変わらず近所の女性がわたしたちのドアの外にトレイに載せた食事を置いていく。男たちが集まって仕事をしたり話したりしている広い部屋でいっしょに過ごすことはできない。わたしたちがトイレを使ったり、手を洗ったり、キッチンに水を取りに行ったりするためにその部屋を通るとき、男たちは話を止め、目を伏せる。

アレッポはほんの数カ月で劇的に変わった。そしてこのとき、自由のために戦っていた兵士たちは過激になった。車で外に出て、道路を走りながら、わたしは以前のシリアの面影を探そうとする。イスラム過激派が来る前にあった風景を。そして記憶の中に刻まれたいくつもの光景を、忘れられない姿を思い出そうとする。いまはすっかり失われてしまった美しい国の姿を。

終章　戦争は終わらない　二〇一五年三月

二〇一三年から二〇一四年にかけての冬と春に、わたしは国連難民高等弁務官事務所（UNHCR）のプロジェクトに参加し、ヨルダン、エジプト、レバノンに行って、シリアから逃れてきて子供をひとりで育てている難民女性たちを調べた。

調査団とともに、そうした女性、子供、複合家族から、彼らが暮らしているテントや掘っ立て小屋、車庫、キャンプ、アパートメントなどで会って話を聞いた。女性たちの夫はシリアの戦争で殺されたり、いまも戦っていたり、行方不明になったりしていたため、みなひとりだった。女性たちの多くは、自分の人生で決断などしたことのない人々だった。男性の案内なしで家を出たことのない人もいた。十四歳という若さで結婚した人もいた。それなのに、いまや住み慣れたシリアから遠く離れた見知らぬ土地に追い出され、そのあまりの変化に耐えられずにいた。

独身女性は「だれとでも寝る」と思われ、生活している施設やキャンプの男たちの性的餌食になっていた。自分のテントを出るのを怖れている女性や、子供に食べさせる物を買うために近くの村に行くこともできない女性がいた。

わたしはレバノンの北部にある建設途中の荒れ果てた建物で、ひとりの女性に話を聞いた。彼女はホウラ虐殺の生存者だった。シャッビーハが村中を蹂躙《じゅうりん》しているあいだ、子供たちを隠していた。夫はその戦いの初期に殺されてしまい、ひとりで子供を守らなければならなかった。子供たちの姿が外から見えないように窓を閉ざし、軍隊が家の前を通り過ぎていくのを待った。虐殺がようやく終わると、彼女は子供たちを引き連れて、レバノンの国境へ向かった。

エジプトで会ったマリア（この人は名前を変えていた）は、ふたりの幼い娘を連れて難民センターで働いていた。彼女の話は苦痛にいろどられているが、彼女の強靱さを物語ってもいる。彼女はホムスを出ると（虐待していた夫は、自由シリア軍が徴兵している時期に「過激派」になっていた）、シリアの中央に向かった。その途中で、政府軍の兵士たちにバスから無理矢理降ろされ、レイプするぞと脅された。娘たちはバスの窓から、母親が娘たちには手を出さないでと兵士に頼み込み、懇願するのを見ていた。

そしてなんとか逃げ出した。小さな町に着いたが、再び捕まりそうになった。深夜に抜け出してラタキアに向かった。そこで警察に捕まり、刑務所に入れられた。娘たちと夫（夫は彼女を追いかけてきていた）はエジプトに向かった。彼女もエジプトに向かったが、夫から肉体的精神的な虐待を受けるだけだった。意を決して、彼女と娘たちは夫の許から逃げ出し、カイロに行った。

そのカイロでわたしは彼女に会ったのである。難民センターのテーブルに向かい合って座った。彼女はセンターでシリアの女性たちに、見知らぬ異国の地で身を守る方法を教えようとしていた。彼女はこれまで会った女性の中でいちばん勇敢だった。「自分を幸せにする努力をしなければなりません」。戦争によってあまりにも深い傷を心に刻みつけられてもなお、新しい人生に歩み出そうとしていた。

結局彼女は、ボート、車、バスを使い、その後は歩いて、子供たちをドイツまで連れていった。もう二度と故郷へは帰れないとわかっています、と言った。

何年にもわたってわたしは、いろいろな戦争や紛争や人道的危機から逃れてきた大勢の女性たちに会って話を聞いてきた。そしていつも同じ質問をしてきた。何を持ってきましたか。何を残してきましたか。なくしていちばん辛いのは何ですか。これからの人生をどうやって再出発しますか。

そしてさらに大事なこと、どうして彼女たちが国を出たのかを知りたかった。あなたが故郷を出なければならないと思ったその瞬間は、そのきっかけは何だったのですか。もう耐えられないと思ったのはいつですか。もうここから出ていかなければ、と思った瞬間はいつでしたか。あるいは、出ていかないと心に決めたのなら、どのような状況でそう決意したのですか。

普通の人々にとって、戦争は何の前触れもなく始まる。娘たちのために歯医者の予約をし、バレエのレッスンを手配していたのに、突然カーテンが下りる。ＡＴＭは機能し、携帯電話も繋がり、日々の習慣は続いていたのに、突然、何もかもが停止する。

バリケードが築かれる。徴兵がおこなわれ、近隣では自警団ができる。政府高官が暗殺され、国は混沌に向かっていく。父親が消える。銀行は閉鎖され、富も文化も生活も一気に消滅する。

本書を書き始めたとき、わたしはダマスカスにいた。日々の生活は、ほかの町と同じように、変わらずに続いていた。中東で最高のオペラハウスのひとつにオペラを聴きに行き、木曜日の午後になるとプールサイドでの馬鹿騒ぎを眺め、スンニ派やシーア派の優美な儀式に則って結婚式に参列した。雑誌の撮影のために、メイクアップ・アーティストが女優の顔を魔法のように作っていくのも見た。そういったすべての活動は、戦争がシリアの玄関先にそっと忍び寄ってくるあいだも生活の一部として続いていた。ところがその生活は掻き消えようとしていて、もう記憶の中にしかないのだ。

お祭り騒ぎの水面下に潜んでいたのは、ひと月続いている紛争に、間もなくダマスカスが巻き込まれていくという緊迫した雰囲気と、はっきりそれとわかる恐怖だった。わたしがダマスカスに到着したときには、人々は町から立ち去り始めていた。金曜の祈りのあとで歩いて通るバルゼーとアル＝ミダンの地区が立ち入ると危険な場所になり、反政府軍が支配するようになった。モスクで見た人々のうち、何人がシリアを出て、国境を越えレバノンやトルコに逃れていったのだろう。

戦争がどれくらい速く動いていくか、わたしは知っている。わたしが取材したあらゆる戦争

――ボスニア、イラク、アフガニスタン、シエラ・レオネ、リベリア、チェチェン、ソマリア、コソボ、リビア、さらにもっと――において、普通の状態から極端に異常な状態へとすべてが変わっていく瞬間というのは、まったく似た特徴がある。たとえば二〇〇二年にコートジボワールの港町アビジャンで、ある夜わたしは贅沢なイタリアン・レストランで食事をし、そしてベッドに入った。目が覚めると、首都の電話もラジオも、一切機能していなかった。「反政府軍」がテレビ局を占拠し、空に閃光が走っていた。

庭にいたわたしのところまで、マンゴーの木のにおいと家々の燃えるにおいが漂ってきた。隣の家が火に包まれていた。たった二十四時間で、平和から戦争へと移行した。それでも、パスポートとコンピューターと気に入った写真などを急いでかき集める時間はあり、町の中心にあるホテルへ逃げこんだ。そして二度と、マンゴーの木に囲まれた愛する家に戻らなかった。

一九九二年四月の初旬、サラエヴォにいる友人が、ミニスカートとハイヒール姿で勤め先の銀行へ歩いていくと、戦車が通りをやってきた。そして発砲が始まった。彼女は大きなごみの缶の後ろで身を屈め、震えていた。彼女の生活は一変した。数週間のうちに、彼女は自分の赤ん坊の安全を願い、異国の見知らぬ人に預かってもらうために、バスに乗せて送り出した。そして何年も自分の子に会えなかった。

こうして戦争は始まる。

二〇一二年の夏、ダマスカスにおける国連監視団を率いていたノルウェイのロバート・ムード少将は、戦争に決まった形なんてありません、と言った。しかしトレムセの村からの報告を読み(20)、車の屋根にマットレスをくくりつけ、幼い子供たちを乗せてホムスから逃げてくる難民を見ると、過去二十年の過ちを思い出さないわけにはいかない。

夏の間中、そして冬から夏にかけて、政治的な激しい論争が繰り広げられた。ロシアは引き続き安全保障理事会がバッシャール・アル＝アサド大統領への制裁と非難を行使することに対して拒否権を発動していた。

数年前までは自分たちのことをシリア人だと言っていたシリアの人々が、アラウィー派だとか、キリスト教徒だとか、スンニ派、シーア派、ドゥルーズ派、と称するようになった。

外交は失敗した。平和維持活動の責任者がコフィ・アナンだったあいだずっと、国連は傍観的な立場を取り続け、ボスニアとルワンダで虐殺が繰り広げられているときも、ただ眺めているだけだった。アナン元国連事務総長がようやくシリアに対する国連・アラブ連盟合同特使としての立場を辞したのは、二〇一二年八月のことだ。

ラフダール・ブラヒミはレバノンの戦争を終結させた経験豊富な外交官で、国連・アラブ連盟特使に加わった。ブラヒミは多くの人からシリアの救世主と見られていたが、二〇一四年三月、やはり辟易《へきえき》してシリアを去った。これを書いている現時点で、国連のベテラン職員イタリア系スウェーデン人のスタッファン・デ・ミストゥーラが交渉を続けている。デ・ミストゥーラは人道主義者だ。彼のもっともみごとな仕事は、ボスニア、スーダンでおこなった人道支援だった。彼はやれることは全部やっているが、戦争を終結させるまでには至っていない。

わたしが取材してきたどの戦争にも言えることだが、停戦とはより多くの市民を殺すための時間を買い取ることと同意語だ。あるいはBBCの記者ジム・ミューアが看破したように、「停戦とはしばしば交戦国を駆り立てて、ホイッスルが鳴って敵対心が止む前に占領地を増やさせようとするものだ」(21)

先にも書いたが、デ・ミストゥーラは戦争の台本の中のさまざまな俳優――イラン人、シリア人、反政府軍の人々、トルコ人、ロシア人など――とジュネーブで低レベルの会合を開いている。戦争終結に至るまでの過程には、ロシア人形のマトリョーシカのように、たくさんの集団がいるが、その中心にいるのがシリアの一般の人々だ。

(20)ハマーの北二十二マイル離れたところにある村トレムセで戦いが始まったのは、二〇一二年七月十二日の夜遅くだった。シリア軍が自由シリア軍と戦っていた。最初、何百人でないにしても何十人もの市民を含む大量殺戮があったという報告が来た。しかしその二日後に国連の監視団が、トレムセに向かった調査チームによる報告を元にして発表した声明では、シリア軍が反政府勢力の兵士と活動家の住宅を主に狙ったということだった。後にBBCは、「市民虐殺だとする当初の反対勢力の主張と矛盾している」と述べた。市民の死者の数は不明だ。この村の住民のほとんどはスンニ派だった。

(21)http://www.bbc.com/news/world-middle-east-31514447?fb_ref=Default

十五年前、コフィ・アナンは国連総会で、スレブレニツァにおけるボスニア人たちの大量虐殺を防げなかった国際社会の失敗について報告した。彼は、「第二次世界大戦以来、ヨーロッパの歴史上、類を見ない恐怖」と言った。

しかしもう一度言うが、国連メンバーの発言には、女性や子供に対する虐殺を止める強い意志や勢いが欠けている。彼らがホテルの会議室で報告内容のことで口論したり言い争ったりし、実際に起きていることに目をつぶり、耳を塞いでいるあいだに、さらに大勢の人々が死んでいるのだ。

これが、内戦の初期の様子である。

シリアにいたときわたしは、宗派も生活基盤も違うできるだけ大勢の人から話を聞いた。アサド支持者たちが自国で起きていることについて何と言うか知りたかった。そしてこの政権によって苦しんでいる人々から証言を得たかった。

二〇一二年に、ダマスカスから車で二時間ほど走ったところにあるホムスへ行ったが、その間に政府側の検問所が八箇所もあった。ホムスに入ると、町の半分は戦車によって根こそぎ破壊され、戦いは散発的におこなわれているだけだった。道路の中央にある植え込みはそのままの形で残されていて、バスがわずかに居残る人々を乗せるために走っていた。それだけが奇妙なほど普段どおりだった。

人でごった返している難民センターで、わたしはソピアという女性に会った。彼女が二十三歳の息子ムハンマドを最後に見たのは、十二月にホムスの病院のベッドの上に横たわっている姿だった。迫撃砲の攻撃を受け、弾の破片が脳の中に入り込んだのだ。ソピアがある朝息子のベッドに行くと、そこは空っぽになっていた。医師たちは、軍の病院に移した、と言った。ソピアは必死になって息子を探し始めたとき、「嫌な予感」がしたという。

彼女が軍の病院で息子の遺体を見つけたのは、その十日後のことだ。明らかに拷問された痕があった。頭に二発の弾が撃ち込まれていた。足の裏と足首に電気を通した痕があり、背中に火のついた煙草を押しつけられてできた火傷の痕があった。

ソピアにとって、息子の遺体を見つけたその朝こそ、戦争中の国に自分はいるのだと痛感した瞬間だった。素直な子でした、とソピアは言った。建設現場の作業員で、反政府軍とのかかわりはなかった。しかしソピア一家が住んでいたのは、ババ・アムルだった。反政府軍が占領していた地区だ。それである年齢の男たちは、自由シリア軍の戦士か支持者だと思われたのだ。

わたしはソピアに何度も何度も、息子さんは戦士だったのかと尋ねた。彼女はそのたびに、違う、戦士ではなかった、と答えた。

ソピアの悲しみは、ムハンマドと同い年くらいの子供を手製爆弾で、あるいは砲弾で殺された政府側の母親たちと同じだった。母親たちにとって、ソピアにとって、癒えることのない喪失の痛みに比べたら、政治などたいした問題ではなかった。

いまでは記憶から薄れつつあるけれど、武装した兵士たちが国中にバリケードを作り、通る車に武器がないか、兵士がいないかを調べ始めたその日。疑わしい通行人は引き留められて尋問された。ホムスに行く途中で、丁寧ではあるが威嚇的なアサド支持派の武装した男によってわたしは拘留された。そうした状況が希望の材料になることもある。監獄に入れられるのは不安だけれど、人々が別の角度から別の視点で話している内容を知ることができる。どんなに抽象的な議論であろうと、わたしはいつも耳を澄ました。

ホムスを訪れたとき、寄せ木張りの床に腰を下ろして「ゴー・フィッシュ」〔訳註　トランプゲーム〕をやっている男の子に会った。その子にとって戦争が始まったのは、二〇一一年の三月にシリア側で「アラブの春」が始まったときだった。それ以来、その子は家から出ることを禁じられた。その子の家を訪ねたとき、通りの行き止まりにスナイパーがいた。暗くなると迫撃砲が闇の中でとどろき、夜が深まるにつれてその音は大きくなった。

男の子はババ・アムルの不気味な廃墟のそばに住んでいた。バルコニーの外の大気はいまもジャスミンやオリーブの木、オレンジの花の香りで芳《かぐわ》しかった。家の中に入って目を閉じれば、外で戦争が起きていることなど信じられないくらいだった。

男の子の家族はアサドを支持してはいなかった。実際、祖母はアサドを毛嫌いしていた。それなのにここを去らないのはどうしてなのか。男の子の母親がこう言った。ここがわたしたちの故郷だからです、と。ここでの生活は監獄の中の生活と同じようなもので、良くなるようには思えなかった。

メッゼ・ハイウェイのそばにある政府の役所で、イスラム教徒の名前を持つキリスト教徒の職員がわたしにこう言った。自分は、ボスニアのように、アルメニア難民や、キリスト教徒、シーア派、スンニ派、ギリシア正教徒といったいろいろな民族が寄り集まっている地域で育った。この反乱はそうしたすべてを変えてしまうだろう、と彼は言った。「シリアの国家を信じていた人はみな、裏切られることになる」と。

二〇一四年六月、わたしはバグダッドにいた。シリアとイラクの国境はなくなっていた。イスラム国は、イラクを席巻し、ヤズィード教徒とキリスト教徒の村を呑み込み、厳格なサラフィー・ジハード主義に従わない者を巻き込んでいった。

ヤズィード教は神秘の宗派で、教徒は一度追放され、シンジャルのそばの山に安全な地を求めたが、日中の灼け付くほどの暑さと、水と食料と医療の不足に悩まされた。彼らはようやく救出され、難民キャンプに連れていかれたが、イスラム国は——これを書いている時点では——ヤズィード教徒たちが住んでいた地区のほとんどを支配している。わたしはあるヤズィード教の村を二〇〇三年に訪れ、何日かいっしょに暮らし、結婚式や葬儀に出席し、彼らの信仰の秘儀をいくつか学んだのだが、その村の人々は恐怖に駆られて、難民や放浪者になった。

イスラム国がモスルを支配下に置き、中央銀行を襲撃し、家族を追い払い、宗教的な偶像と詩人の像を破壊し尽くしてから数日後、わたしはバグダッドのホテルのベッドに横たわり、イラクの人たちが自分たちの歴史について語るときのやり方で記憶をさらおうとした。中東の地図のすべての場所が失われてしまったという圧倒的な感情を味わった。わたしは、疲れ果て、損なわれ、傷ついたという、終わりのないけだるい感情を引きずっていた。

わたしのイラク人の友人たちはかならず歴史的な事柄に触れる。「これはフセイン時代に遡るものだ。イラン・イラク戦争で俺が戦ったときにこんなことがあった」「第一次湾岸戦争のあいだ」「第二次のときに」「アメリカがやって来てから」と。それにならえば、とうとう、モスルが陥落する前という言い方が生まれた。シリアの内戦が起きる前、「アラブの春」の前、という言い方が。

戦時中でも、愉しい思い出はある。友情、人間同士の親密さ、ときには障害が取り払われて平和時ではとうていできないコミュニケーションが始まる。人々は深い真実を述べたり、偽りのない行動をとったりする。

暑い夏の日、ダマスカスの旧市街地にあるアトリエで――そこはかつて、ユダヤ人一家が聖なるトーラー〔訳註　ユダヤ教の聖典〕を保管しておくために使っていた部屋だった――ある有名な芸術家が、戦争が近づいてきている、と言ったことを覚えている。彼は反政府側でも政府支持派でもなかった。もちろん、民主主義と表現の自由を信じていたが、彼がいちばん大事に思っていたのは芸術を創作すること、そして芸術家であることだった。

二〇一〇年、「アラブの春」の前、この芸術家は中東の未来の姿を「ギロチン」というタイトルの展示会で、彫刻によって表現した。最初その会はダマスカスのダウンタウンで開かれた。

それから数年が経ち、何万人もの人が亡くなったいま、彼の国ではなにかが取り返しのつかないほど変わってしまった。それを元の状態に戻すのは、いまも、これからも、永遠に不可能だ。シリアはかつての姿にはもう戻れない。強い憎しみによって、生きたまま焼かれてしまったいまとなっては。

わたしがシリアに何度も渡航したあとの二〇一五年の春、この本を書き終える直前のこと、イスラム国の勢いがモスルにまで広がってパルミラに到達する頃に、ボスニア紛争中にサラエヴォでいっしょに活動していた記者やカメラマンのグループからメールが届いた。彼らは写真や記事、記憶などをひとつにまとめて、あの破滅し破壊されたボスニアで起きたことを永遠に忘れないようにしたのだ。

わたしたちが書いた記事と撮った写真と忘れられない音楽を繋ぎあわせて、戦争の始まりから終わりまで——最初の民族主義のパレードから無辜《むこ》の民の殺害、巨大な墓地、モスクと村と都市の破壊、そして戦争を終わらせた一九九五年のデイトン合意まで——を追いかけた十分間の作品を作った。その作品を通してこう言いたかったのだ。ほら、こうして戦争は始まり、こうして破壊され、こうしてようやく終わる、そこから、よいことはひとつも生まれない、と。

この短い作品をわたしは何度も繰り返し見ないわけにはいかなかった。痛む傷に塩を塗り込むように、塗り込めば塗り込むほど、痛みと苦しみは増していくのに、やめられないのだ。それを見るたびに、涙が頰を伝った。アレッポの病院でのときのように。わたしは自分の反応を恥ずかしいと思う。結局わたしは生き延びたのだ。わたしは村から追い出されることもなく、レイプされることもなく、目の前で両親を殺されることもなかった。けれども、わたしたちの大半は、深い悲しみを味わった。わたしの仲間や献身的な人道主義者や外交官たちは、殺害を止めるために、シリアがばらばらにならないために、手足をもがれて喉も目も拳も奪われないように(22)力を尽くしたけれど、取材した人々を守れなかった。

ボスニアのあとで、わたしは誓ったのだ、自分が消耗するような戦争には決して首を突っ込まない、と。恐ろしい罪悪感――わたしたちは結局何もしなかったという後ろめたさ――に囚われることは二度としない、と。とても若いときに、年齢を告げるのが憚られるほど若いときに初めて交戦地帯に入っていかなければ、わたしの人生は違ったものになっていただろうとときどき思う。

広大な墓地、死体を山のように積んだトラック、生きているときはなめらかだったのに絶命して革のように変わった肌を見ていなかったなら、あるいは、投獄された人々が死に際に残した言葉や、愛する人に向けて残した言葉が刻まれた拷問部屋を見ることがなかったなら、わたしの人生は違ったものになっていただろう。

けれど、「なかったなら」は起きなかった。もしかしたら、学生時代に楽しく学んだ政治学者チャールズ・ティリーが書いているように、人間が国家を造れば戦争と無縁ではいられないのかもしれない。戦争が国家を造る――それとも、別の方法があるのだろうか。国家が戦争を造るのか。

わたしは理論を組み立てるのは苦手だ。しかし、生きていた人たち、大地を歩いていた人たち、国を引き裂いた暴力の中で倒れていった人たちのことを考え、記憶するのは得意だ。

本書を書いているあいだにも、シリアの戦争は続いている。そして亡くなったシリア人の数は三十万人にのぼる。「死者の書」は、いまだ完結していない。

(22)「そして死者とは何か。死者は石棺に靴を履かずに横たわっている。彼らは動きを止めた海よりも石に似ている。喉と目と拳は祝福されることを拒む」。アン・セクストン「死者が知る真実」より

訳者あとがき

二〇一〇年十二月、チュニジアの反政府デモが発端となって時の政権を倒した「ジャスミン革命」は、「アラブの春」という大きな民主化運動となって周辺国やアラブ諸国を巻き込んでいった。民主国家の誕生を望む人々の勢いはエジプトとリビアの長期独裁政権を倒し、モロッコ、ヨルダン、バーレーンの憲法改正を実現させた。そして二〇一一年、もうひとつの長期独裁政権の国シリアへと民主化の波は押し寄せていったが、シリアでは平和的な反政府運動がしだいに過激になり、バッシャール・アル＝アサド大統領率いる政府軍が、活動家を捕らえて拷問していることや、兵士が女性たちをレイプしている事実も明らかになった。シリアはいつの間にか、解決の糸口の見えない戦争の泥沼にはまり込んでいた。

本書は、その内戦の初期にシリアに入った女性ジャーナリスト、ジャニーン・ディ・ジョヴァンニが、戦地や難民キャンプに赴き、そこで暮らす人々やレイプされた女性たちを取材し、それを記事としてまとめたものである。

戦場や紛争地に進んで身を投じていくことを、彼女は本書の「まえがき」で「熱病」にたとえている。戦争でなにが起きているのか、なにが起きようとしているのか、そもそもなぜその戦争が起きたのか、それを知りそれを伝えたいという欲求に突き動かされて、彼女は果敢にシリアに入っていく。そして同国民同士で憎み合い殺し合う戦争のむごたらしさを臨場感溢れる文章で訴えている。戦場における弱者や負傷者を見つめ、声なき声を世界に届け、市民への無差別なレイプや拷問虐待の問題を取り上げている。

とりわけ、シリア最大の都市アレッポが崩壊していく様子、政府軍と反政府軍の攻防、瓦礫の中で医療に携わっている医師やパン屋などを取材した第八章は凄まじい。スナイパーに狙われている場所で子育てをしている女性や負傷した兵士、砲弾の音が日常のなかに溶け込んでいる生活や、友人のジャーナリストがイスラム国に誘拐されて殺害された事件についても触れ、美しかった歴史ある町が生き地獄のようになっていく姿を伝えている。

「ニューズウィーク」によれば、シリア内戦が始まってから五年間で、シリア国民の平均寿命が七九・五歳から五五・七歳に縮まり、推定死者数は四十七万人（シリア政策研究センターによる）、負傷者数は百九十万人（同）、殺害されたジャーナリストの数は九十四人になった（米NPOのジャーナリスト保護委員会による）。二〇一二年八月二十日、日本人ジャーナリストの山本美香さんがアレッポで取材中に政府軍の銃弾に倒れたことも忘れられない。シリア人権ネットワークによれば、国外のシリア難民は五百八十三万人を超え、その八割が女性と子供であるという。また、同ネットワークは二〇一七年一月一日に、二〇一六年の一年間でシリア軍とロシア軍による攻撃で死亡した民間人の数は一万六九一三人にのぼったとする統計データを発表した。

日本にいると、シリアでは砲撃によって殺されている人々がいることや、いまも多くの女性や子供たちが食糧不足や水不足に苦しみ、負傷した兵士たちの手当てができずにいることをなかなか実感としてとらえられない。しかし、戦争がいかに理不尽な始まり方をし、不条理な結果を多くの人々にもたらすか、戦争の問題が他人事ではないと考えることがいかに大事かを本書は教えてくれる。そして想像力を持つことの大切さ、平和の尊さを痛感させられる。


著者のジャニーン・ディ・ジョヴァンニはアメリカに生まれ、現在はパリに十二歳になる息子と住んでいる。彼女が取材した戦争や内紛には、アフガニスタン、イラク、イスラエル、ボスニア、ルワンダ、コソボ、ソマリアなど二十五以上の国と地域が含まれる。おもに人権と戦争犯罪をテーマに取材をおこなっていて、現在はイギリスの文芸誌「グランタ」や、「ニューズウィーク」「ニューヨーク・タイムズ」「ヴァニティ・フェア」などに寄稿している世界から注目されているジャーナリストである。一九九九年六月号の「ヴァニティ・フェア」にバルカンの紛争について書いた「目に見える狂気」で、優れた雑誌ジャーナリズムに与えられる全米雑誌賞を受賞した。本書は彼女の七冊目の著書に当たる。

二〇一二年十二月にTED（テド・カンファレンス）で、戦場を取材することについて発表した際、ジャーナリストとして「戦争のなかにいる声なき人に声を与え」、「目撃者となって証言し」、「世界の暗い片隅を光で照らしたい」と述べている。

戦場や難民キャンプで生活せざるを得ない無名の人たちから話を聞き、レイプなどの辛い体験に耳を傾け、幼い子供たちの日常に思いを馳せて記事を書くことは、女性ジャーナリストだからこそできる仕事であろう。そしてまた、女性であるが故に外出する際ヘッドスカーフやヒジャブを身につけなければならなかったからこそ、彼女はシリア各地の検問所をすんなりと通っていくことができたのである。

最近の彼女の仕事を紹介すると、二〇一六年十二月十四日の「ガーディアン」紙と十二月二十四日の「ニューズウィーク」紙にアレッポについての力のこもった記事を寄せている。言うべきことをきちんと言い、伝えなければならないことを躊躇せずに伝える彼女の姿勢は勇敢であると同時にとても美しい。今後の仕事を注目していきたいジャーナリストである。

翻訳に際して、国連広報センターのホームページや、日々変わる中東の様子を紹介している東京外国語大学のHP「日本語で読む中東メディア」(これは素晴らしいサイトである)、そしてシリア人オサーマ・モハンメド監督の映画「シリア・モナムール」が大変参考になった。この映画はホムスの町に在住するひとりの女性アーティストが撮った映像と、youtubeにあげられた無数の現地からの映像を組み合わせて作られた九十六分のノンフィクション・フィルムで、激しい拷問、学校に行く子供たち、子供たちの死体、デモをする人々、瓦礫のなかで咲く花、燃える家々、人のいない通り、埃と瓦礫だらけの通りに打ち棄てられた死体をなんとか回収しようとする人たち、子供たちのあどけない笑顔など千一の映像から成っている。残酷で目を背けたくなる場面からは、戦争の恐ろしさや暴力のもたらす絶望感、人間の無力さとともに、人の営みと命の尊さが伝わってくる。そうした映像の記録が本書を訳すうえで大きな力となったことを記しておきたい。

二〇一七年　一月二十五日　　古屋美登里

シリア年表

前史：戦乱の国

紀元前3000年〜紀元前539年

現在シリアのある地域は、シュメール人、エジプト人、ヒッタイト人、アッシリア人、バビロニア人によって支配されてきた。アッシリア帝国は紀元前15世紀に覇権を握り、およそ1000年にわたって統治した。

紀元前539年〜紀元前64年

ペルシャ人、アレクサンドロス大王、セレウコス朝などが、シリアの一部を統治していた。

紀元前64年〜6世紀

ローマの将軍グナエウス・ポンペイウスがアンティオキアを占領し、シリアはローマ属州となる。アンティオキアは栄え、ローマ帝国のもっとも重要な都市となる。ローマ帝国の衰退後、東ローマ帝国またはビザンツ帝国の一部となった。

7世紀

ハーリド・イブン・アル＝ワリードに率いられたイスラム教アラブ人に征服され、イスラム帝国に吸収される。続いてウマイヤ朝がイスラム帝国を統治すると、ダマスカスに首都が置かれ、シリアはダマスカス、ホムス、パレスチナ、ヨルダンの４つの地区に分割された。この時代はキリスト教徒に寛容であり、政府の官職に就くこともあった。

750年〜969年

ウマイヤ朝を滅ぼしたアッバース朝は、首都をバグダッドに移した。イフシード朝で、アリ・サイフ・アル＝ドーラの宮廷が文化の中心となったのはアラビア語文学が花開いたおかげである。

969年〜1516年

この時代、ビザンツ人、トルコ人、エジプト人そして短期間ではあるがモンゴル人にたて続けに侵略され、占領された。キリスト教徒は迫害を受けた。

1516年～1918年

オスマン帝国がアレッポ付近のマムルーク朝を制圧し、シリアを征服すると、オスマン帝国の大きな一州になった。

20世紀：シリア国家の統合

1916年～18年

第一次世界大戦中、サイクス・ピコ協定により、イギリスとフランスとロシアは戦後のオスマン帝国を分割することで密かに合意する。1918年にアラブ軍とイギリス軍はシリア内に侵攻し、ダマスカスとアレッポが陥落し、シリアは（レバノンとともに）フランスの支配下での委任統治領になり、3つの自治区に分割され、それに沿岸部のアラウィー派と、南部のドゥルーズ派の分離地区が加わった。

1925年～27年

シリア大反乱。ドゥルーズ山地でスルターン・アル＝アトラシュに率いられた民族主義運動が、シリア全体とレバノンの一部に広がった。ダマスカス、ホムス、ハマーでは、反乱軍がフランス軍と激戦を繰り広げた。

1936年～46年

フランスと独立に関する条約交渉を行う。フランスはシリアの独立に同意はしたものの、フランスの軍事的、経済的支配に変化はなかった。第二次世界大戦中、フランスのヴィシー政権の支配下にあったが、1941年7月にイギリス軍と自由フランス軍がシリア＝レバノン戦役に勝利する。シリア独立が宣言されたが、即座に批准されず、1946年になってようやく、シリア・アラブ共和国として正式に独立を認められた。

1946年～58年

イスラエルとのたび重なる小競り合いの後、新たに成立してはクーデターで覆されてきた政府は、1958年についにアラブ連合共和国としてエジプトとの連合に落ちつく。

1961年〜70年

1961年に連合共和国から離脱し再独立を果たす。バアス党内でライバル関係にある各派が覇権を求めて争っていたが、1970年ハーフィズ・アル＝アサドが無血クーデターによって支配権を握り、アサド一族による統治が始まる。この時、新しい憲法が起草され、新大統領の強力な指導の下で承認された。その憲法は、イスラム教が多数派宗教として認められている、世俗統治の社会主義国家としてシリアを定義し、自由は神聖な権利であり、民主主義が政府の理想的な形であると主張している。

1973年〜81年

シリアとエジプトがイスラエルに奇襲攻撃をおこなったことで第四次中東戦争が始まり、紛争が長引くことになる。シリア軍は1976年にレバノン内戦にも介入し、30年間駐留した。

1982年〜94年

シリア軍がレバノンを占領してからも、イスラエルと小競り合いが続いた。1994年、父ハーフィズの長男で後継者となるはずだったバーシル・アル＝アサドが交通事故で死亡し、アサド王朝は混乱状態になる。

21世紀初頭：不満の蓄積

2000年〜01年

ハーフィズ・アル＝アサド大統領は、権力の座についてから30年目の2000年に死去した。議会は憲法を改正し、大統領の最低年齢を40歳から34歳に引き下げたため、ハーフィズの息子バッシャール・アル＝アサドが父のあとを継ぐことが可能になった。彼は対立候補なしの国民投票の後、大統領に就任。2000年11月、アサドは600人ほどの政治犯の解放を命じた。シリアの民主化を訴えておこなったバッシャールの政策は「ダマスカスの春」と呼ばれたが、それは民主的な選挙を求めた指導的な活動家たちが逮捕、投獄された2001年8月に終わりを迎えた。

2002年～05年
米国が、アサド政権は大量破壊兵器を入手していると主張した。その時シリアは、アメリカが名指しする「悪の枢軸」のリストに含まれていた。米国は、テロリズムに対する支援と過激派のイラク潜入の黙認を非難し、シリアに経済制裁をおこなった。

2005年～10年
反体制運動が活発化し、活動家たちが長期の懲役刑を科されるようになる。一方で米国、EU、イラクを含む国々との関係は改善した。トルコの仲介によって、平和条約に関してイスラエルと話し合いが持たれた。シリア軍の大部分がレバノンから撤退した。

2010年～11年
西側との外交関係の雪解けは、米国による新たなシリア制裁によって突然終わりを迎える。米国は、シリアがテロ集団を支援し、大量破壊兵器を入手しようとし、レバノンのヒズボラに国連決議違反のスカッドミサイルを提供してきたと主張した。

内戦
2011年：抗議と市民の蜂起

シリア内	国際的な反応
1月～3月中旬 北部における焼身自殺と小規模デモ、そして抗議運動。 **3月** ダルアーで、15人の少年が体制批判の落書きをして逮捕される。「怒りの日」と「尊厳の日」への呼びかけがおこなわれる。ダマスカスとアレッポの抗議デモは、たちまちほかの都市に広がった。治安部隊が抗議者たちに発砲し殺害し、さらなる不安を高める。アサ	

シリア内	国際的な反応
ドは3月30日の争いについて初めて演説し、外国人の陰謀者がいると非難した。	
4月	
デモは続き、さらに拡大していく。アサドが懐柔策を発表した。4月22日の金曜日に抗議側の死者が100人以上になった。デモ隊は、政権の退陣を求め、取り締まりが強化された。 軍隊が町への攻撃を開始し、ダルアーを包囲し、数百人が殺された。	国際的なメディアが反政府デモを「蜂起」と報じ始める。米国とフランスがシリア政府の弾圧を非難し、改革を求める。
5月	
政府がホムス、ダルアー、ダマスカスに戦車を送る。蜂起を鎮圧するために援軍を送ったイランからのレポートによれば、この月だけで1100人を超える民間人が亡くなった。	米国が人権侵害を理由にアサドに制裁を課す。EUが、武器禁輸、資産凍結や政府高官の旅行禁止を実行に移す。
6月	
ハマーで5万人デモがおこなわれ、34人が殺される。政府がインターネットへのアクセスを遮断。北部の武装反乱軍は120人の兵士を殺した。1万人以上の民間人が北部からトルコへ逃れる。反体制派が「国民評議会」を設立。アサドは、今回の暴動は「外国の陰謀」であり「野蛮人」「テロリスト」のせいだと非難。	アラブ連盟は政権の暴力的な弾圧を公然と非難した。

シリア内	国際的な反応
7月 抗議行動は増加し、拡大し続ける。自由シリア軍（FSA）が7人の離反した士官によって形成される。 ハマーの包囲戦と「ラマダン虐殺」で、蜂起以来もっとも多い136人が殺される。アサド政権の元治安局員によると、シリアの諜報機関が、平和的な抗議行動を暴力的なものにし、反乱側に武装させるために7月から10月にかけて計画的にイスラム過激派を刑務所から釈放したという。 この計画は、シリアで最も重要かつ恐れられる組織の一つである「総合治安局」が実行した。ダマスカスの50キロ北にあるセドナヤ刑務所にいた受刑者が、反乱グループの主要メンバーとなった。「ザ・ナショナル」紙、2014年1月21日号を参照。	米国国務長官ヒラリー・クリントンがアサド政権を非難。米国はアサドが正統性を失ったと主張。
8月 国内外にいる反政府派の統一組織「シリア国民評議会」がイスタンブールで結成。後に「シリア国民連合」の一部になる。	サウジアラビア、バーレーン、クウェートが大使を召還。英国、米国、EUなどがアサドに辞任を要求。米国、シリアからの石油輸入を禁止。国連が人権侵害や民間人に対する武力攻撃を非難。
9月	EUがシリアからの石油輸入を禁止。米国、EU、英国、日本、カナダの大使が抗議側を支持する集

シリア内	国際的な反応
	会に参加。アサド政権の元同盟国であるトルコが、シリア当局との接触を絶つ。
10月 ホムスが包囲される。政府軍が市内を砲撃する。	国連安全保障理事会が、アサド政権を非難する決議を試みるも、ロシアと中国が拒否。国連人権高等弁務官ナビ・ピレイは、この危機が「武装闘争へ向かう」兆候を示していると述べる。
11月 自由シリア軍が、ダマスカス近くの軍事基地に猛攻撃をかける。政府側が外国大使館を攻撃。	アラブ連盟は、シリアが和平案に従わなければ連盟への加盟資格を停止することを決定した。これはアサド政権に対する厳しい制裁となる。ヨルダンのアブドラ国王が、アサドに辞任を促す。
12月 治安部隊がハマーでの反政府デモに発砲。イドリブにて200人ほどが殺されたと伝えられる。国連の報告では、紛争の勃発からの犠牲者は5000人。50万人以上が全国で抗議。	シリア政府は、アラブ連盟の監視団を受け入れる議定書に調印した。これによって兵士と武器を民間人の居住区から引き上げたので、ジャーナリストや人権監視団が国内で活動できるようになった。

2012年：武装化と強大化

シリア内	国際的な反応
1月 アル＝ヌスラ戦線がシリアのアルカイダの組織として結成される。当初、アサド政権に対して徹底抗戦の構えをとっていた。	アサド政権の暴力の行使を受けてアラブ連盟がアサドに辞任を求め、監視団を引き上げさせる。

シリア内	国際的な反応
2月 アレッポで2台の車爆弾によって28人が犠牲となる。政府はホムスや他の都市への爆撃を強化。数百人が死亡。アルカイダのリーダー、アイマン・ザワヒリは、地域全体の過激派にアサドとの闘いを呼びかけた。政府の支配下の地域で、複数政党制を確立する新憲法への投票が実施される。投票数にごまかしがあったという誹りを受ける。	国連安全保障理事会が、アラブ連盟の計画を支持する決議案を提出。ロシアと中国は拒否権を行使した。米国は大使館を閉鎖。国連は人権侵害を非難し、アサドの辞任を要求。コフィ・アナンが国連とアラブ連盟の合同特使に任命される。
3月 高度な兵器を持つ軍隊から市民の命を守れないことを理由に、自由シリア軍はホムスのババ・アムル地区から撤退。シリア軍がその地を奪還。	6つの湾岸諸国が大使館を閉鎖。ロシアと中国を含む国連安全保障理事会は、拘束力を持たない和平案を支持。それは不成功に終わり、戦闘が継続する。
4月 アサドは全土を支配したと主張。反乱軍は大虐殺を続ける政府軍を非難。	国連は停戦案を示し、監視団が配置される。国際シリア友人会合がイスタンブールに召集され、「シリア国民評議会」を承認する投票をおこなう。米国とアラブ諸国は反政府勢力の支援を約束。
5月 治安部隊がアレッポ大学を襲撃。かなりの人数がアレッポとダマスカスで殺害される。人民議会選挙を野党がボイコット。49人の子供を含む108人がホウラで殺される。	国連人権理事会が戦争犯罪をおこなっているアサド軍を非難。フランス、イギリス、ドイツ、イタリア、スペイン、カナダ、オーストラリアは、ホウラでの民間人殺害に抗議し、シリアの上級外交官を追放した。

シリア内	国際的な反応
6月	
国連の監視団がラタキアのハファに到達する際に発砲される。彼らは「死の悪臭」で満たされている場所に到着。ロシアが自国の基地を守るために2隻の軍艦をシリアに派遣。トルコはシリアに自国の戦闘機を撃墜されて、交戦規則を変更。これを受けてNATOは緊急会議を開く。	国連平和維持活動担当事務次長エルベ・ラドスーが、紛争を「完全内戦状態」と明言。国連は監視団によるパトロールを中断。ジュネーブ第1回和平会議が開かれ、後のジュネーブ合意に引き継がれる。
7月	
政府軍がトレムセで住民200人を虐殺。その報復として、自由シリア軍はダマスカスにある治安機関を爆撃し、アサドの側近を殺害、アレッポを制圧。	国連安全保障理事会がシリアに対する制裁の決議案を採択するが、ロシアと中国が拒否権を行使。国連難民高等弁務官事務所がヨルダンに難民キャンプを開設。住居を失った8万人のシリア人を収容する。
8月	
治安部隊がダマスカス郊外で400人を殺害。またトルコ国境近くのアザーズで40人以上を殺害する。	コフィ・アナンが辞職し、ラフダール・ブラヒミが特使となる。国連が、政府軍と反政府勢力の双方が人道に対する罪を犯したと述べる。オバマは、アサドが化学兵器を使用すれば、米国は武力介入せざるを得なくなると主張。
9月	
	米国は反乱軍に対し武器以外の支援として4500万ドルの提供を約す。
10月	
多くの都市で戦闘や爆撃が起こる。火災によってアレッポに古く	

シリア内	国際的な反応
からある市場が破壊される。シリア軍の迫撃砲が国境沿いのトルコの町で5人の民間人を殺害し、トルコとのあいだで緊張が高まる。トルコはロシアから武器を輸送しているとされるシリアの飛行機を迎撃する。	
11月 反乱軍が2機の軍用機を追撃。イスラム主義者の民兵を排した「シリア国民連合」がカタールにて設立。イスラエル軍がゴラン高原でシリア軍の大砲隊を攻撃。このような戦火は1973年の第四次中東戦争以来となる。	反乱軍が捕虜を即時処刑したことで戦争犯罪に加担している可能性がある、と国連が述べる。
12月 反乱軍はダマスカスに侵攻し、多くの軍事拠点を奪取しながら、空港まで進軍。国連難民高等弁務官事務所が50万人以上のシリア人の難民化を確認。	米国、英国、フランス、トルコ、湾岸諸国は、反政府統一組織である国民連合をシリアの「正統な代表」として認めると主張。米国はアル＝ヌスラ戦線をテロリスト組織と認定。

2013年：イスラム国の台頭

シリア内	国際的な反応
1月 アサドは、戦争終結のために政治改革案をおこなうと発表するが、アレッポとダマスカスでは爆撃による暴力が続く。アレッポで処刑、拘束、射殺された人が65人となる。対空兵器を搭載したシリアの車列が、空爆を受ける。攻撃し	シリア国外のさまざまな支援者たちが、シリアの市民に15億ドル以上の支援をすることを約束した。米国は、軍事支援ではなく、シリア国民連合に医療用品や食料を提供すると発表。米国とロシアはブラヒミが仲介役の平和協議を開い

シリア内	国際的な反応
たのはイスラエルではないかと言われる。	たが、突破口にはならず終結した。
2月	
ダマスカスの車爆弾で数十人のバアス党員やその他のメンバーが殺害される。反乱軍は国外からの武器援助により躍進を続ける。	米国と英国が再び反政府勢力に非軍事支援を約束する。
3月	
シリアの戦闘機が、反政府勢力が支配するラッカを爆撃。イスラム教徒が東評議会を設立。アル＝ヌスラ戦線がイスラム法を実施しているという報告。イランから武器が流入する。	オバマとプーチンは紛争を平和的に解決するために「新シリア・イニシアチブ」を求める。 シリアの反政府勢力の武装化を押し進める仏英にEUが反対する。 国連は、現在のシリア難民は100万人を上回ると発表。アラブ連盟はシリアの席にシリア国民連合を着かせる。
4月	
イスラム国（IS）の出現とともに、シリア内の外国人ジハード戦士が増加。そのリーダーであるアブー・バクル・アル＝バグダーディが、アル＝ヌスラ戦線との合併を表明するが、アル＝ヌスラ戦線は、それを否定。ヒズボラの指導者ハッサン・ナスララは、彼の部下であるシーア派戦闘員がアサドを支持していると発表。	英仏は、アサド政権が化学兵器を使用していることを国連に報告。 国連安全保障理事会は、シリアに対して暴力の停止を求め、人権侵害を非難することで合意。米国は反政府勢力に対して非軍事支援として2300万ドルを追加することを約束。
5月	
ダマスカスでイランからのミサイ	EUは反政府側への武器禁輸を解

シリア内	国際的な反応
ルの積荷が空爆される。国境近辺で車爆弾により50人が死亡。ヒズボラはアサド支援のため数千人の戦闘員を送る。	除するが、アサド政権には禁輸を継続。国連は、シリア国内で425万人のシリア人が難民となっていると発表。
6月	
政府軍は、ホムスとレバノン国境とのあいだにある戦略的要衝アル＝クセールの町を奪還。反乱軍がハットラで60人以上を虐殺。国連はこれまでにこの内戦で9万3000人が殺害されたと発表。数日後に10万人に訂正された。	米国はシリア政権がこの１年間で化学兵器を何度か使用してきたことに言及し、反政府勢力に直接軍事的支援を提供することも辞さないと明言。国連は、シリアを冷戦以降「最悪の人道的災害」と呼ぶ。
7月	
サウジが支援したアフマド・ジャルバが、シリア国民連合のリーダーになる。政府軍はホムスに進軍し、反乱軍のシンボルであるハーリド・イブン・アル＝ワリード・モスクを占拠。 政府はダマスカス近くのヤルモク・パレスチナ難民キャンプの包囲を開始し、数百人が餓死する。アムネスティは包囲攻撃を人道に対する犯罪であると非難する。	
8月	
ダマスカス郊外で、化学兵器によって就寝中の1429人が殺害される。ヒューマン・ライツ・ウォッチは、サリンガスが使用されたと考えている。国連の武器査察官が数日後に派遣され、スナイパーに狙われる。	化学兵器の使用により、オバマ大統領が議会の後押しを受け、限定的な軍事攻撃をおこなうことを決定。英国のキャメロン首相は軍事行動をとろうとしたが、議会に拒否されている。

シリア内	国際的な反応
9月 イスラム主義を奉じる反政府組織の11人が、シリア国民連合の国家像を拒否し、イスラム国家の建設を目指すと宣言。	ロシアは化学兵器の使用に関して米国の諜報機関に問い質し、米国の空爆に対して警告を出す。ロシアは、化学兵器禁止条約に加盟させることでシリアと外交的な解決を提案。米国はこれに同意。国連の査察官は、サリンガスが使用されていることの「明確かつ説得力のある証拠」を発見したと宣言。シリアの化学兵器の廃棄を目指す国連決議2118が満場一致で採択された。
10月	化学兵器の廃棄を開始するための査察官が到着。
11月 イスラム過激派の反政府勢力がデリゾール県で支配地域を増やす。	
12月	トルコ、イラク、ヨルダン、レバノン、エジプトに逃れた難民は230万人で、その多くは難民キャンプで生活している。イスラム過激派の反政府勢力が自由シリア軍の基地を奪取した後、米国と英国は反政府勢力への支援を停止する。ナビ・ピレイによると、国連の審査チームは、シリア政府の戦争犯罪への加担が「最高レベル」にあるという証拠を収集したという。

2014年：袋小路に突入

シリア内	国際的な反応
1月 国連は、事実を確認できないため、死亡者数の報告を一時的に停止。戦争犯罪のアナリストは、極秘に入手された情報によれば「組織的な規模」での囚人の拷問や殺害がおこなわれていると指摘している。	米国、ロシア、シリア政府、シリア国民連合が参加する、第2回ジュネーブ和平会議が始まったが、進展が見られなかった。
2月 政府の落とした樽爆弾で、アレッポでは250人近くが殺害される。	第2回ジュネーブ和平会議が失敗。米国は戦争が「永遠の袋小路」に陥る可能性があると警告。
3月 シリア陸軍とヒズボラがヤブロドの反政府勢力の要塞を奪還。イスラエルはシリア軍に空爆。	
4月 ヨルダン空軍が国境付近で軍用車列を攻撃する。その後の報告によれば、その軍用車列は政府軍から逃れてきた反政府勢力の可能性があるという。	
5月 反乱軍はホムスから撤退し、市内における3年間の抵抗運動は終焉を迎えた。ヒューマン・ライツ・ウォッチの報道によると、アサド軍は、反政府組織の支配地域に対して塩素爆弾と樽爆弾を使用していた。	ラフダール・ブラヒミ特別大使が辞任し、和平会議が失敗したことを謝罪。

シリア内	国際的な反応
6月 政府支配地域における総選挙。反体制側と国際社会は、この選挙はごまかしだと訴える。IS武装勢力は、アレッポからイラク東部のディアラ地方で「カリフを指導者とするイスラム国家」を建設すると宣言。	
7月 ISは武力を集約し、ラッカ近郊の大規模な軍事基地を奪取。	国連安全保障理事会は、反政府勢力地域における紛争の被害者に対する国境を越えた援助を承認。デ・ミストゥーラがシリアの国連特使に任命される。
8月 ISがラッカ県全体を掌握。米国のジャーナリスト、ジム・フォーリーが、ISに殺害される映像が作られる。この後数々の犯行ビデオが制作される。	米国がパリで国際反IS連合を結成。国連は、ISは人権侵害と残虐行為を犯していると報告。
9月 ISはジャーナリストのスティーヴン・ソトロフを処刑。米国とアラブ5カ国が、アレッポとラッカ周辺のISに対して空爆をおこなう。ISはアイン・アル＝アラブのクルド人の国境地域に大規模な攻撃を仕掛ける。	オバマ大統領はシリアにいるISに対する空爆を認める。デ・ミストゥーラ特使、ダマスカスを訪問。
10月 ISはアイン・アル=アラブに進入するが、連合軍の空爆を受ける。シリア政府軍はアレッポを包囲、	デ・ミストゥーラ特使、アレッポ周辺での人道的援助を可能にするための「停戦地域」を要求。

シリア内	国際的な反応
都市への主要供給ラインを切断する。レバノンは、戦闘地域からシリア難民100万人以上が逃げてきた後、シリアとの国境を閉鎖。	
11月 アル=ヌスラ戦線が、シリアの反体制派のなかの穏健派の連合組織であるハズム運動を、イドリブから追い出す。民兵に米国の武器が供給される。	NGOは、紛争地帯から市民が避難するのを助けるために、国際社会がもっと多くの行動を取るべきと主張。トルコ、イラク、レバノン、ヨルダンで難民が溢れかえる。デ・ミストゥーラ特使がダマスカスを再訪。
12月 シリア政府が、世界保健機構による反体制側の支配地域への医療用品の提供を認める。国連は、2014年に7万6000人が死亡し、内戦が始まって以来、最多死亡者数の年になったと発表。	シリア南部で17人の反政府勢力指導者が共同防衛協定に署名したのは、西側諸国とアラブ諸国からさらなる支持を得ようとしてのことだった。

2015年：紛争の激化

シリア内	国際的な反応
1月 クルド軍が4カ月の戦いの後、トルコ国境にあるアイン・アル=アラブからISを撃退。ダマスカス周辺で戦闘が激化する。ゴラン高原でのヒズボラとイスラエルの紛争が、レバノンに飛び火する。	多くのシリアの反政府グループが、今後CIAプログラムという名を借りた援助を受けられないことが明らかになる。
2月 シリア政府は、国連の提案に同意し、アレッポへの空爆や砲撃を中	米国とトルコは、ISと戦っている反乱軍を訓練し武装させるための

シリア内	国際的な反応
止。しかし、2月17日に攻撃を再開。デ・ミストゥーラがニューヨークで停戦の提案について国連安全保障理事会で説明したその日に、「停戦地域」が破棄される。アサドは依然として否定しているが、ヒューマン・ライツ・ウォッチは、彼が樽爆弾を使用していると主張。ハズム運動は、アレッポのアル=ヌスラ戦線に敗れた後、解散を発表。ISは捕らえたヨルダンのパイロットを火あぶりにするビデオを公開。	契約を結ぶ。デ・ミストゥーラは、いかなる政治的な決議にもアサドが参加しなければならないと発表。デ・ミストゥーラが再びダマスカスを訪問。
3月	
反体制側の反撃により政府軍が撃退される。トルコ、サウジアラビア、カタールの支援を受けて、新ジャイシ・アルファタハ（征服の軍）イスラム主義反乱同盟が、イドリブに侵攻、政府の拠点であるラタキアを脅かす。 世俗主義者とイスラム教徒からなる南部前線同盟が、ナシブを越え、さらにヨルダンの国境を越える。	反体制側は、アサドを利するだけだと主張し、デ・ミストゥーラの停戦要請を拒否。国連と、オックスファム、セーブ・ザ・チルドレンを含む慈善団体の同盟は、2014年が内戦が始まって以来最悪の年であるとした。 国際社会は、多くの犠牲者を出し、人道的災害を軽減するために何もしていないと非難されている。潘基文国連事務総長は、「ジュネーブ・コミュニケを実行するため政治的取り組みを強化するようデ・ミストゥーラに指示した」とアラブ連盟に報告した。

シリア内	国際的な反応
4月 ISがダマスカス郊外のヤルムーク・パレスチナ難民キャンプを支配し、キャンプ内の状態が悪化の一途をたどる。	国連は、シリア側関係者と国際社会の関係国と平和会議を再開する可能性を探ると発表する。 デ・ミストゥーラは、イラン人の出席する協議は一切ボイコットするという反対派の脅しにもかかわらず、平和協議に参加するようイランに呼びかける。
5月 米国はISに対抗して空爆を実施し、ISの高官を殺害。ISはこの時点で、パルミラを制圧し、事実上、国の50%以上を支配した。ヒズボラは、内戦に「終わりはないと見ている」と発表。	ジュネーブで、反体制派の代表、アラブ諸国、米国、ロシアその他の主要国や地域が集まり、低レベルの和平会議が始まる。30以上の反体制グループが、交渉への招請を拒否する。
6月 クルド人民防衛隊はラッカへの供給網で重要な拠点であるラッカ県タル・アブヤドの国境の町を奪取する。ISはアイン・アル=アラブで少なくとも145人を殺し、6万人が避難。	デ・ミストゥーラが3日間のダマスカス訪問中に樽爆弾を批判。 ジュネーブ会議が続く。
8月～9月 絶望的な数の難民が亡命を求め、ヨーロッパへと国境を越えて流出。	
10月 ロシアはシリアで軍事作戦を進める。プーチン大統領はアメリカ政府を建設的でないと非難。	

〈訳注〉

この年表は原書出版時までのデータである。

その後2016年12月に政府軍がアレッポを奪還し、治安と安定を回復したと発表した。

12月29日、シリア全土の停戦に合意したと発表、12月30日よりロシアとトルコの後見のもとに停戦が発効したが、停戦に合意していない反体制派もいて、完全なる停戦となるかどうかは不明なままである。

2017年1月24日の国連ニュースでは、停戦はおおむね維持されているが、水不足が深刻な状態になっている。難民のおかれた状況が改善されるのには長い時間がかかると見られる。

【著者】
ジャニーン・ディ・ジョヴァンニ（Janine di Giovanni）
アメリカのニュージャージー州生まれの女性ジャーナリスト。「ニューズウィーク」の中東記事担当。「ヴァニティ・フェア」などに寄稿。戦地および紛争地に赴いて取材を続ける経験豊かな記者で、現在もっとも尊敬されるジャーナリストのひとり。赴いた戦地は二十五の国と地域を超える。これまでに本書を含め七冊の著書を上梓。パリ在住。

【訳者】
古屋美登里（ふるや・みどり）
翻訳家。著書に『雑な読書』（シンコーミュージック）。訳書にデイヴィッド・フィンケル『帰還兵はなぜ自殺するのか』『兵士は戦場で何を見たのか』（以上、亜紀書房）、エドワード・ケアリー『堆塵館』（東京創元社）、M・L・ステッドマン『海を照らす光』（ハヤカワepi文庫）、イーディス・パールマン『双眼鏡からの眺め』（早川書房）、ダニエル・タメット『ぼくには数字が風景に見える』（講談社文庫）ほか多数。次作、エドワード・ケアリー「アイアマンガー三部作」の第二弾『穢れの町』は2017年5月刊行予定。

亜紀書房翻訳ノンフィクション・シリーズII-15

シリアからの叫び

2017年3月7日　第1版第1刷発行

著　者　ジャニーン・ディ・ジョヴァンニ
訳　者　古屋美登里
発行者　株式会社亜紀書房
郵便番号 101-0051
東京都千代田区神田神保町1-32
電話 (03)5280-0261
振替 00100-9-144037
http://www.akishobo.com
装　丁　國枝達也
DTP　コトモモ社
印刷・製本　株式会社トライ　http://www.try-sky.com

Printed in Japan
 ISBN978-4-7505-1445-1